Quelle vie!
Plus pleine,
plus riche,
plus drôle
qu'un roman!

Moi, à 7 ans,
sur les bancs
de l'école
publique

Ma maison d'enfance. Une bulle de bonheur

Ma mère, mes sœurs et moi, inséparables et complices

Ce jour-là, je quitte tout pour mon amour

Jacques, ma chance, mon prince. L'inoubliable

L'Iconoclaste,
26, rue Jacob, 75006 Paris
Tél. : 01 42 17 47 80
iconoclaste@editions-iconoclaste.fr
www.editions-iconoclaste.fr

SUSIE MORGENSTERN

Mes 18 exils

L'ICONOCLASTE

Pour Jacques, mes filles, Aliyah et Mayah,
mes petits-enfants, Yona, Noam, Emma et Sacha,
mes sœurs, mes neveux et mes nièces,
Philippe mon gendre,
Georges et tous mes amis chéris
et tous les autres qui pensent que je suis paumée.
Voici le texte qui vous donne raison.

D'EXIL EN EXIL, MA VIE SE DÉROULE.
LA VIE COMMENCE D'AILLEURS PAR UN EXIL.

EXIL 1

Naître

On est au chaud avec tout ce qu'il faut et puis, à grand-peine et avec violence, nous voilà expulsé du ventre de notre mère. Même si tout le monde y passe, avouez que c'est dur. Pourtant je n'ai jamais regretté, pas une seule minute, d'être née.

EXIL 2

Être une fille

Être une fille n'est pas un exil en soi. C'est plutôt le fait d'hériter de la déception des parents. Mes parents ont espéré jusqu'à la dernière minute avoir un garçon. J'étais condamnée à être sans reproche, sage, studieuse, silencieuse, pour ne pas me faire remarquer.

EXIL 3

Entrer à l'école

J'ai dû quitter ma maison pour un lieu hostile, l'école. Au début, je n'arrivais pas à parler. Mais, petit à petit, cet exil fut ma chance.

EXIL 4

Être loin de ses sœurs

Avec ma mère et mes deux sœurs, nous formions un clan. Elles sont mes racines. Quand je suis partie vivre en France, je me suis sentie hors sol.

EXIL 5

Être juive

Être minoritaire, issue d'une minorité persécutée et immigrée, c'est l'exil par excellence. Je me sens juive avant tout. Juive avant même d'être femme. Juive à la racine carrée.

EXIL 6

Infiltrée chez les garçons

Les garçons n'existaient pas, avant que j'entre au lycée. C'était un territoire hostile, étranger, inconnu. Encore plus que leurs ballons, leurs muscles et leurs moqueries, c'est l'effet qu'ils produisaient sur moi qui me gênait.

EXIL 7

Être intello

Je n'étais pas seulement étiquetée « intello »
à l'école. Je l'étais aussi à la maison, où mes sœurs
prenaient cela pour une tare. J'aurais préféré
être sportive, populaire et « normale ».

EXIL 8

Être sioniste

C'est seulement quand je suis arrivée en France
que « sioniste » est devenu un gros mot.
Dans mon enfance et ma jeunesse,
c'était une fierté.

EXIL 9

Être amoureuse

L'amour, un exil ? Oui. On devient dépendante,
accro, intoxiquée. La tête, le corps envahis,
occupés, exilés. Otage, esclave,
même si l'euphorie s'en mêle.

EXIL 10

Être mère

Renoncer à une vie désinvolte, être deux
alors qu'on n'était qu'une, avoir la responsabilité
d'un autre être humain qui dépend de vous.
La maternité crée un lien incomparable.
Ainsi débuta la plus grande aventure de ma vie.

EXIL 11

Être immigrée

Nous étions immigrés depuis des générations, j'étais préparée à un tel destin. Et pourtant, en quittant l'Amérique pour la France, j'allais vers le grand inconnu. D'autant que ma mère pensait que la France était un pays du tiers (ou quart !) monde.

EXIL 12

Être veuve

J'adorais être mariée, avoir une famille. Puis se retrouver en tête à tête quand les enfants sont partis. Mon mari est mort à cinquante-quatre ans, j'en avais quarante-neuf. L'absence de Jacques fut un exil exécrable.

EXIL 13

Errer

Après la mort de Jacques, pour m'évader de la maison vide, j'ai accepté toutes les invitations en France et à l'étranger. Nous avons tellement de chance, nous les auteurs de livres jeunesse, d'être fêtés et bichonnés. Mais j'ai multiplié les retours douloureux.

EXIL 14

De souris grise à femme fatale

Dix ans de larmes, avant de cliquer sur Georges, sur un site de rencontres. Ma vie était trop remplie pour caser un homme. Pourtant, petit à petit, rencontre après rencontre, Georges est entré dans ma vie. Certains exils sont réjouissants !

EXIL 15

Être malade

On se sent invulnérable, c'est l'arrogance des bien-portants. J'avais vécu le cancer avec Jacques, je me croyais vaccinée. Une seule larme a coulé, et puis j'ai accepté. A-t-on le choix ?

EXIL 16

Le nid vide

On le sait d'avance : être mère est provisoire. Les enfants partent. Le syndrome du nid vide existe. Mais la beauté de l'âge, la grande récompense, c'est d'être grand-mère.

EXIL 17

Faire le deuil

Le choc de la mort des plus proches,
famille et amis, bouleverse notre équilibre.
Ces disparus font de moi un cœur en exil.

EXIL 18

Mourir

L'ultime exil, on essaie tous de ne pas y penser.
Mais quand on n'en est pas loin, c'est difficile.
Ma prière quotidienne : « Merci d'être en vie ! »
Restons le plus possible dans cette vie
dont on se plaint mais qu'on aime tant-tant-tant !

EXIL 1

Naître

On est au chaud, avec tout ce qu'il faut et puis, à grand-peine, on est expulsé de l'utérus. Cet exil est violent comme une déportation. La sortie d'un milieu pour entrer dans un autre. Ce premier exil fait de nous un étranger.

J'aime certainement cela, être étrange et étrangère. Je n'ai jamais regretté, pas une seule minute, d'être née. Je ne comprends pas que l'on puisse vivre un désespoir tel que l'on veuille quitter cette vie. Car je la trouve adorable.

Naître, c'est tellement mystérieux et curieux! Comment naît-on dans cette famille-là, sur cette parcelle de Terre, à telle époque?

Tout commence par les parents.

Une marieuse connaissait mes grands-parents, les Needleman, et leur fille aînée, Sylvia – si belle, cultivée, douée, raffinée. Elle leur a rendu visite en 1933, à Brooklyn, où mes grands-parents étaient installés, immigrés tous les deux de Kamenetz-Podolsk, et ce fut comme la visitation d'un ange. Marieuse, *shadchen* en yiddish, était un travail respecté et apprécié, sacré même dans les milieux juifs pratiquants. On dit que, si on orchestre au moins deux mariages, on a sa place assurée au paradis.

— J'ai entendu parler d'un jeune homme de bonne famille, proposa-t-elle, il a déjà un commerce dans le New Jersey, à Newark.

— Faites-les se rencontrer, dit ma grand-mère.

Elle n'aimait pas du tout le jeune homme que ma mère fréquentait à ce moment-là.

Meyer Hoch n'était ni beau ni grand. Il avait des lunettes grosses comme des loupes mais, encouragée par ses parents, ma mère a accepté de devenir ma mère. Je n'ai jamais osé lui demander pourquoi, elle si belle et intelligente, qui avait des prétendants acharnés. Elle m'aurait dit « On écoutait ses parents ».

Meyer et Sylvia se sont mariés en 1935. Ma mère a toujours été franche avec nous. Elle ignorait ce qu'était un orgasme et ce n'est pas Meyer qui le lui aurait appris. La nuit de noces, elle a soulevé sa chemise de nuit selon les instructions de sa propre mère et il est entré par la porte du paradis, qui ne le fut pas pour elle. Elle a subi ce qu'on attendait d'elle. Elle ne savait pas qu'il fallait aussi participer.

Ma mère a toujours eu un grand respect pour son mari, sa gentillesse, sa douceur et son intelligence (sauf en matière sexuelle !). Dans son effort pour nous nourrir (beaucoup !), il partait à l'aube et revenait à la fin d'une longue journée de labeur. Elle a appris à cuisiner ce qu'il aimait le plus, les pommes de terre accompagnées d'un vague morceau de viande cuite jusqu'à ne plus ressembler à rien.

Elle se sentait comme une princesse dans leur appartement d'Orange, à côté de Newark, plus grand que celui où elle avait grandi, à Brooklyn, avec ses deux frères et ses deux sœurs.

Elle avait toute la journée pour elle. Je ne sais pas ce qu'elle faisait, à part s'occuper du nid conjugal, des courses, du ménage. Très vite, elle fut enceinte, mais cette première grossesse s'est conclue par la naissance d'une petite fille souffrant d'un grave handicap, qui est morte rapidement. Quand ma sœur Sandra, si attendue, est arrivée en bonne santé, le monde fut de nouveau rose. Plus rose encore avec Effie, née trois ans après. Une deuxième fille, bien que futur garçon manqué. Et encore plus rose (pâle !) avec moi, cinq ans après.

Ma mère est entrée à l'hôpital le 17 mars 1945 et je suis née le 18. Or, le 17 mars est la date d'anniversaire de ma sœur Effie. On lui a sucré sa fête, son gâteau et les cadeaux, en lui promettant une poupée vivante. Elle fut moins enthousiaste quand cette poupée est arrivée chez elle.

À ma naissance, ma mère a fait une phlébite, et elle n'est revenue à la maison qu'au bout de six semaines. Elle a appelé sa sœur Mildred au secours. Ma tante Millie, qui n'avait pas un gramme d'imagination ni une once de folie, était cependant une fée du logis, une cuisinière trois étoiles et une couturière hors pair. Elle préférait nettoyer et servir, plutôt que venir partager les repas avec nous. Je n'ai jamais été aussi proprette et bien habillée que durant mes premières six semaines. Je buvais le biberon archi-stérilisé préparé par ma tante Millie. Elle changeait mes couches, en coton, qu'elle lavait, étendait – et je crois même, la connaissant, qu'elle les repassait. À défaut de tétine, je devais me consoler de ce premier exil en suçant mon pouce.

Au retour de ma mère, Tante Millie fut réexpédiée à Brooklyn, où elle s'est mariée avec Gabriel Berkowitz, beau soldat rentré de la guerre en

Europe. Associé à son frère, il faisait des prothèses dentaires, s'asseyant sur un tabouret en écoutant de la musique classique, sans autre ambition et content de ce qu'il avait. J'ai toujours eu un lien spécial avec cet oncle et cette tante jusqu'à leur mort, lui vingt ans après elle, en Floride, où il joua au golf jusqu'à son dernier jour. Ils ont eu deux garçons, Irwin et David, qui restent mes cousins les plus proches.

Plus tard, quand ma tante Millie s'affairait dans la cuisine, je lui disais :

— Viens, Aunt Millie, viens à table, je t'aiderai, après.

— Non, je suis mieux ici. La conversation ne m'intéresse pas.

Pendant mes dix premières années en France, je l'ai attendue et encouragée à venir – et enfin elle est venue. Je voulais que son séjour soit fabuleux, lui montrer toutes les merveilles du pays. Ce voyage dont elle rêvait, elle l'a passé à ranger ma grande maison en pagaille. Oh, reviens, ma chère tante !

J'aurais dû dédier mon livre *La Princesse de la serpillière* à sa mémoire. Je me rends compte seulement maintenant qu'elle m'a inspiré ce livre.

À six semaines, j'étais habituée à une hygiène impeccable, je n'ai pas souffert ensuite des fantaisies de ma mère. Elle n'était pas perfectionniste. Lorsqu'elle ouvrait un livre de cuisine, elle suivait si approximativement la recette que le résultat n'avait rien à voir avec son intention première.

Dès qu'elle ouvrait un placard, toutes les casseroles tombaient avec fracas. Une fois par an, avant la Pâque juive, elle rangeait la maison. Le nouvel ordre ne durait qu'une semaine car, comme on dit: «Chassez le naturel, il revient au galop.» J'ai hérité de son «(im)perfectionnisme» et de son «(dés)ordre». Sandra, elle, doit tenir d'une autre branche de la famille. Quant à Effie, elle met de l'ordre en jetant tout ce qui dépasse.

Nos armoires, nos tiroirs n'étaient que fouillis immonde, des boîtes de Pandore. On ne jetait rien, parce que cela pouvait toujours servir, surtout pour moi qui héritais de toutes les vieilles loques de mes sœurs.

En plus, il y avait un grenier, au 32 Elmwood Avenue. Chaque marche de l'escalier qui y menait était encombrée d'un amoncellement de tissus et de machins qu'il fallait pousser de côté pour pouvoir monter jusqu'au septième ciel.

Et là, dans ce grand espace qu'on aurait pu aménager, il y avait des montagnes de déchets de la société de consommation, des appareils électriques cassés qui attendaient mon futur mari Jacques pour les réparer. Des vêtements démodés, de la vaisselle ébréchée, des poupées amputées, des cartons remplis d'articles indéfinis. C'était à chaque fois une véritable chasse au trésor. On savait exactement ce qu'on cherchait parmi toute cette pacotille.

Ma mère était une piètre cuisinière, mais elle avait une dévotion particulière pour la pâtisserie. Elle faisait des *mandelbrot*, des *rugelach*, du *strudel* et autres spécialités de l'Europe de l'Est. Et, quand elle se consacrait à cette passion, elle en produisait des quantités industrielles qu'elle éparpillait à travers la maison, pour cacher ces merveilles aux ogresses qui vivaient sous son toit.

Hélas, on connaissait toutes ses cachettes, de la cave au grenier, et quand maman avait des invités et voulait récupérer ses bijoux en sucre... tout avait été englouti !

J'étais tellement sage durant mon enfance qu'on ne remarquait même pas ma présence, paraît-il. J'étais quasi invisible. On ne prenait pas de photos, juste une fois par an un portrait de groupe des trois sœurs. Je boudais sur chacune d'elles, sans doute parce que mes sœurs me répétaient que j'étais moche. Quel dommage de ne pas avoir de souvenirs clairs de cette toute première période ! Les quelques bribes racontées par mes parents et mes sœurs sont floues et peu fiables.

Mais je sais que ma mère était heureuse, avec ses trois filles. En vérité, elle n'aurait pas aimé élever des petits gars. Je ne l'ai jamais vue débordée. Je n'ai jamais entendu une seule plainte, d'où plus tard l'idée (erronée) que la maternité était naturelle, que cela se faisait sans peine.

J'ai eu la chance de naître dans une famille qui n'était ni riche ni pauvre, ni ouvrière ni bourgeoise, mais aristocratique dans ses traditions. Du côté maternel, je suis la petite-fille de Devorah Garber et de Max Needelman, originaires de Kamenetz-Podolsk (Ukraine). Côté paternel, d'Esther et de Dovid Hoch, venus de Konkaluvka (Pologne). De son côté mon mari, Jacques Morgenstern, était né à Nice, de Schia Morgenstern (Varsovie) et Rebecca Eskenazi (Constantinople). Quand j'ai fait ma demande de nationalité française, à la mairie de Nice en 1967, l'employé m'a lancé, indigné : « Quelle salade ! »

Newark, New Jersey, dans la banlieue de New York, est peut-être la ville la plus hideuse des États-Unis, mais je suis fière d'y être née dans le même hôpital que mon écrivain préféré, Philip Roth. Ainsi que Paul Auster. Le poète Allen Ginsberg. L'auteur de best-sellers Harlan Coben. Et Stephen Crane, qui a écrit le livre que tout Américain doit lire au lycée, *The Red Badge of Courage*. Mais mes parents, comme les autres familles juives, ont vite quitté Newark, ghetto élu par les immigrants d'Europe de l'Est, pour laisser place aux Afro-Américains et à d'autres minorités dans les années cinquante. Nous nous sommes déplacés juste à côté, à Belleville, New Jersey. Une ville col bleu au milieu de nulle part, sans personnalité ni éclat. Un tranquille chez-soi.

Je ne trouvais rien d'anormal à mon enfance. Nous habitions un quartier pavillonnaire – toute la petite ville de Belleville l'était. Pelouses, haies, arbres, peu de circulation et peu d'interactions avec les voisins. Au printemps, Branch Brook Park offrait cent cinquante hectares de cerisiers du Japon en fleur.

Je ne le savais pas, mais nous vivions dans une bulle. Toute ma rue était italienne, à gauche les Cantalupo, en face les Salamone et, juste à côté, bien différents, ceux qu'on appelait « les nazis », les Lundgren. Ils ne sortaient jamais de chez eux, j'ai vu la dame une seule fois, une sorcière. Ils avaient accroché un drap blanc avec une croix gammée à la façade de leur maison. Je changeais de trottoir pour ne pas passer devant. Les autres voisins étaient assez chaleureux mais ils devaient nous trouver aussi bizarres que nous les trouvions, eux. On ne s'invitait pas, on n'échangeait pas de recettes, on gardait une distance glacialement amicale. Ils avaient tous le malheur de ne pas être juifs, et nous de l'être.

Les odeurs qui s'échappaient de leurs cuisines ne nous intéressaient pas. Seuls nos fades plats cacher, sans goût, atterrissaient sur notre table, je ne savais pas encore qu'il pouvait y avoir mieux que ça. Je mangeais peu et sans appétit. Et pour cause ! Plus tard, avec mes sœurs, on irait chez Domino's Pizza, où l'on servait les plus grandes et les meilleures pizzas au monde, même comparées à celles de la véritable Italie (pensions-nous). Elles étaient gigantesques, dégoulinaient de fromage et de sauce tomate et occupaient toute la table ronde. Le serveur opérait une sorte de magie pour les découper et on se précipitait pour les dévorer aussi vite que possible avant que, à Dieu ne plaise, notre mère ne nous tombe dessus.

J'aurais pu, j'aurais dû réaliser mon rêve : apprendre à parler l'italien. Mais on était hermétiquement fermés aux autres, peut-être par peur.

Je ne zigzaguais à travers le quartier que pour me rendre dans une poignée de maisons juives : chez les Kobrin, les Wolk, les Schwartz, un ghetto éparpillé. Nous y étions toujours bienvenus.

Ainsi se déroulait mon enfance, ouatée, même si l'on savait que des événements effrayants s'étaient produits dans la lointaine Europe et pouvaient tout à fait se répéter. J'allais à pied à mon école, nommée poétiquement « École publique numéro 5 », notre petite bande s'agrandissant à chaque coin de rue pour former une armée de gamins. À l'école primaire, j'étais admirée par mes camarades pour ma modeste érudition. Les maîtresses étaient comme des deuxièmes mamans, bienveillantes et douces.

On était tous sages, attentifs et obéissants. Qui aurait eu l'idée de ne pas l'être ? Chaque matin, on se levait pour honorer le drapeau, main sur le cœur, et on jurait fidélité aux États-Unis d'Amérique de toutes nos forces.

J'y allais avec confiance, convaincue que c'était la meilleure école dans le meilleur pays au monde. On travaillait en classe avec ardeur et respect, et on jouait dans l'immense cour de récréation. On déjeunait d'un sandwich maison sur le coin de nos pupitres, puis venait l'heure de la lecture. On chantait, on faisait des spectacles, de la gym. L'école était un endroit souriant, accueillant.

Même si je n'étais qu'une fille, j'étais heureuse d'être là... je crois.

EXIL 2

Être une fille

Être une fille n'est pas un exil en soi. C'est plutôt le fait d'hériter de la déception des parents. Le pire, c'était qu'ils n'avaient aucune ambition pour nous. J'étais exilée des grandioses espérances. On était de la chair à marier.

Mes parents ont espéré jusqu'à la dernière minute avoir un garçon, puisqu'à l'époque il n'y avait pas d'échographie. À ma naissance, ils ont répété à la famille, comme mortifiés : « *A-NO-THER girl !* » Ils ont fini par m'accepter, bien que femelle, mais je n'étais pas dupe. Il fallait que je sois sans reproche, sage, studieuse, silencieuse, ne pas me faire remarquer. Ma mère me disait : « Toi au moins, tu ne me donnes aucun souci, tu t'élèves toute seule. » Jusqu'au jour où j'ai séché l'école...

Bien que j'aie écrit un roman où une fille devient un garçon (*Tout amour est extraterrestre*), je n'ai jamais voulu être un garçon. Ma sœur Effie, cette petite délurée, m'a traînée un jour devant mon père, affalé dans son fauteuil en train de jouer au *pinochle*, un jeu de cartes obscur, devant la télé... pour que je voie ses *scrambled eggs* (ses « œufs brouillés » !) dépassant de sa robe de chambre. J'ai tout de suite détourné les yeux, cela m'a semblé aussi révoltant que des tripes à l'air... Je n'ai jamais eu envie d'un pénis. Celui de mon père est le seul que j'aie vu, par accident, avant ma lune de miel, une nuit d'été. Loin de moi l'envie d'en vouloir un. J'aimais tellement nos fanfreluches, et tout cet attirail des femmes, soutien-gorge et porte-jarretelles. Les hommes ne riaient pas comme nous, ne chantaient pas, ne dansaient pas au milieu du salon et dans la rue. Notre quotidien était féminin et peuplé presque uniquement de femmes : une mère, une grand-mère, des sœurs, des tantes, des copines. C'était très bien comme ça !

Même si je n'ai pas choisi mon genre, j'ai aimé passionnément vivre au sein de ce matriarcat. Dans notre cercle de sorcières, les hommes étaient considérés comme nuls et pathétiques… mais ils étaient un mal nécessaire. Le seul homme de la famille, mon père, se faufilait entre nous, fuyait ou se cachait. Et il avait raison. On lui faisait peur. Mon père n'avait pas plus envie de fricoter avec nous que nous avec lui. C'était « *a man's man* » et nous, on était heureuses sur notre île de filles, le grand lit de Sandra. On avait un complexe de supériorité (qui masquait un complexe d'infériorité ?).

Mon père était aussi retranché dans ses préoccupations que nous dans les nôtres. Il y avait peu d'interaction. Je n'aurais pas eu l'idée de lui demander de m'apprendre son jeu de cartes, ce *pinochle* mystérieux et triste qui l'occupait et nous excluait. J'ai gardé toute ma vie une aversion pour les jeux de cartes et les jeux tout court.

Ma mère était, des cinq enfants de sa famille, la plus douée, la plus cultivée. Elle était diplômée de Brooklyn College, en plus d'avoir été la première femme de Brooklyn à passer son permis de conduire. Elle n'avait pas un gramme de paresse, toujours à utiliser chaque miette de son temps. Elle adorait enseigner, que ce soit le tricot, le crochet ou la philosophie. Prof d'anglais à Weequahic High School (le lycée de Philip Roth), à la retraite elle apprit l'anglais aux immigrés russes, dans les jardins publics. Née de parents immigrés, elle avait une soif sans fin de musique, de lecture, de culture. Toute sa vie, elle a suivi des cours de langue, de littérature, d'histoire. Elle avait étudié le latin et parlait bien le français, mieux que sa fille ! Et elle était toujours tellement positive, nous donnait tant de confiance en nous. Aujourd'hui encore je me bats contre ses leçons de mère, même s'il y avait toujours quelque chose à en retirer : « N'y mets pas tout ton cœur, ne réfléchis pas trop, ne fatigue pas tes yeux, laisse tomber ces pavés que tu lis, n'investis pas dans l'amitié, ne te dépense pas et ne dépense pas d'argent (on n'en avait pas !). »

Le plus important c'était : « Arrête de manger ! »

Il y avait de belles leçons, aussi : « Garde la tête haute et souris. Tu t'en fous de ce que l'on dit de toi. On parlera de toute façon, alors donne-leur quelque chose à dire. »

Elle avait toujours en tête un poème yiddish à réciter quand on attendait quelque part, chez le médecin, le dentiste. Elle rentabilisait chaque minute. Et elle m'écoutait attentivement, ne voulant pas louper une seule perle qui sortait de ma bouche.

J'étais Proust et Shakespeare
Aux yeux de ma mère
Je lui lisais mes rédactions

La perfection
Aux yeux de ma mère
Absurde et ridicule mais
Dans les yeux de ma mère
J'existais.

Quand mes livres ont été publiés, elle en a déchiffré chaque mot à l'aide d'un dictionnaire français-anglais. Une mère !

Oui, elle était une mère pour moi !

Le représentant de l'autre sexe, mon père, était invisible et absent pour la simple raison qu'il fallait gagner des sous pour nourrir et habiller (en solde) son harem. C'était un homme doux et, quand il lui arrivait d'avoir droit à la parole, il parlait paisiblement, même s'il s'agissait d'une réprimande. Par exemple, si Effie avait été « méchante », il n'avait qu'à la regarder en disant : « Effie, j'ai entendu dire que tu n'as pas été sage aujourd'hui... » Alors l'enfant terrible éclatait en sanglots.

Je n'ai jamais eu l'honneur d'être grondée – je crois que je ne l'aurais pas supporté. Je n'aurais même jamais eu l'idée de désobéir ou de faire une bêtise. Qu'est-ce que j'aurais pu faire ? Où est-ce que j'aurais pu en choper l'inspiration, à part dans mes livres chéris, comme *Tom Sawyer* et *Huckleberry Finn* ?

Sauf cette fois-là. Comment ai-je pu, en cette journée particulière de printemps, commettre un crime aussi épouvantable ? Qui m'y a poussée ? Mais je l'ai fait et on m'a prise en flagrant délit. Je partais à l'école, à pied comme d'habitude. Nous n'avions pas de cartables, toutes les affaires fournies par l'école restaient à l'école. Les devoirs étaient rares. Arrivée au coin de ma rue, j'ai croisé le bus pour Newark, il a ouvert sa porte et plusieurs personnes sont montées. Je les ai suivies. C'est tout. Dans mon petit sac à main, il y avait toujours quelques sous. J'étais à peine consciente de mon geste. Descendue en pleine rue commerçante du centre-ville, j'ai fait les grands magasins les uns après les autres, toute seule, Alice au pays des merveilles, comme si je voyais le monde de mes propres yeux pour la première fois. Quand on allait en meute, je suivais, toujours effrayée à l'idée de ne pas garder le rythme des autres. Je n'avais jamais osé m'arrêter pour regarder tel ou tel article. Ce jour-là, j'ai découvert la liberté de déambuler, de fouiller dans les bacs à soldes, de contempler une robe en vitrine par-ci par-là.

Qu'est-ce qui a poussé mon père, qui n'était jamais venu nous chercher à l'École publique numéro 5, à m'attendre en bas du long escalier de cette institution éducative, ce jour-là ?

Est-ce qu'il y a un dieu qui fait joujou avec nous ?

Que mes sœurs tellement démentes et foldingues se dévergondent, soit ! Mais il ne s'attendait pas à une bêtise de l'angélique, innocente et sage petite que j'étais. Son choc et son étonnement face à mon comportement subitement bizarre ont été ma punition.

Je ne me souviens pas que cette première bêtise ait été suivie d'une autre. Mais je regretterai toute ma vie d'avoir loupé cette occasion d'être seule avec mon père, d'être fille unique ou pour un bref moment être

« son fils » – et encore, est-ce que j'aurais su lui poser les questions que j'aimerais maintenant lui poser ? Qui était-il ? Nous n'avons jamais parlé tous les deux. Ce jour-là, j'aurais juste savouré sa présence rien que pour moi. Chaque parent devrait aller chercher son enfant à l'école de temps en temps. Même pour ne rien dire.

Je sais peu de choses de mon père. Il était né en Pologne, dans une famille orthodoxe. Il aurait pu gagner un concours de vitesse lorsqu'il débitait ses prières en hébreu. Je sais qu'il aurait aimé être avocat, qu'il était de gauche et s'intéressait à la politique. Il était le seul de sa famille à parler anglais sans le moindre accent. Joueur de cartes doué, il battait le carton deux soirs par semaine avec ses copains. Il fumait trois paquets de cigarettes par jour. Il ne se plaignait jamais et, même quand il est tombé très malade, d'une forme rare du cancer du sang, on n'a pas entendu le moindre *oy*. Il est mort à soixante ans, juste avant la naissance de ma fille Mayah, en 1971. Là aussi je l'ai raté, puisque je n'ai pas pu aller à l'enterrement. Étant enceinte et à terme, je n'ai pas été autorisée à monter dans l'avion.

Pourquoi s'y intéresse-t-on quand c'est trop tard ?

Les garçons ne sont entrés dans ma vie qu'avec les prétendants de mes sœurs. Moi aussi, j'aurais aimé que l'on sonne pour moi à notre porte, qu'un prince m'emporte dans son carrosse vers un restaurant, un cinéma ou direct se bécoter dans sa voiture. Être une fille signifiait se soumettre aux normes de l'époque : il fallait dénicher son petit bonhomme.

Aaron est venu chercher Sandra, il suintait le charme, grand gars plein de confiance. Je ne sais pas si c'était le grand amour ou si elle s'est plutôt contentée de lui. Intelligent sûrement, mais sans diplômes et sans vrai métier, il avait fait de vagues études de commerce. Il trafiquait avec son père, un magouilleur de haute volée.

Un jour qu'Aaron allait rendre visite à son père, dans une prison pour grands filous à Danbury, Connecticut, une sorte de club exécutif pour voleurs distingués, je l'ai accompagné sur ce long trajet car il avait proposé de m'aider à écrire l'éditorial du journal dont j'étais rédactrice en chef. Il m'avait dicté la première phrase, que je trouvais tellement sophistiquée, une formule en français : « *Permettez-moi.* » Je ne me souviens pas du reste.

Ma sœur jure qu'elle était vierge au mariage, bien que Marc soit né sept mois et demi après – quatre kilos, avec des ongles, des cheveux, et bien cuit. Elle revenait à la maison toutes les semaines, en larmes. « Je vais divorcer ! » Ça m'ébranlait. Elle aurait dû le faire. (Elle a fini par le faire !)

Avec Aaron, j'ai découvert que les hommes pouvaient être des monstres. Il avait une maladie non diagnostiquée qui ressemblait à des crises d'hypoglycémie extrêmes, et cela le rendait fou de rage. Ce qui n'excuse rien car cela affectait beaucoup ma sœur, son bébé et nous tous. Je fus témoin à plusieurs reprises de ses crises de folie, y compris la fois où il nous a presque anéantis dans un accident de voiture : il nous a menacés de mort, avant de s'arrêter à temps.

N'empêche qu'il pouvait continuer à nous charmer. Avec ma sœur, ils ont acheté une maison à West Orange et avaient un semblant de vie sociale, familiale, professionnelle. Mais le tonnerre et les éclairs n'étaient jamais loin. En plus des supplices psychologiques qu'il lui infligeait, il était adultère. Quelques années après, alors que Marc était à l'université et moi en France, Aaron est mort, encore jeune. Cela a permis à ma sœur de dire qu'elle était veuve, ce qui était plus prestigieux que d'être divorcée.

La rencontre d'Effie avec Noach fut un vrai coup de foudre, évident pour tous les témoins. C'est moi qui fus cette fois-là la *shadchen*, la marieuse. Mon amie Israela Fisch, de Newark, avait un frère, Moshe. Et ce Moshe avait un ami israélien, Noach, venu lui rendre visite. J'ai tout de suite vu le potentiel et j'ai vite téléphoné à ma sœur, qui étudiait à l'école d'infirmières, pas loin.

— Viens vite ! lui ai-je dit, impérative, sans rien expliquer.

Elle arriva en un temps record et fut instantanément attaquée par la flèche de Cupidon. Elle m'a mimé «*I love him!*». Puis l'a invité chez nous.

Mes parents étaient en état de choc:

il n'était pas américain,

il ne parlait pas un mot d'anglais,

il n'avait pas de métier,

il n'avait pas un centime,

c'était un paysan (un kibboutznik), même s'il venait du kibboutz le plus prestigieux d'Israël, Degania Beth. Dans ces fermes collectives, les membres vivaient en communauté. Arrivé de Slovaquie après la Seconde Guerre mondiale, Noach avait été placé en kibboutz en tant qu'orphelin. Mais à vingt ans, après l'armée, il était allé retrouver ses parents et un petit frère qu'il ne connaissait pas. Eux s'étaient réfugiés aux États-Unis.

Alors a commencé pour Effie un supplice aux nombreux maux de tête. Après des discussions houleuses avec notre mère, il n'a pas fallu longtemps pour conclure qu'une fille mal mariée, c'était à peine (un peu) mieux qu'une fille morte. Mais ma mère a organisé le mariage, empruntant la robe de la voisine de la cousine Sadie. Et toute la famille a appris à aimer ce Noach autant qu'Effie l'aimait.

Avec deux filles mariées, le programme de ma mère était achevé aux deux tiers. À moi de remplir mon destin de fille.

Je ne sais pas ce que c'est d'être un homme, pas plus que d'être un chameau. Je ne connais que la part « femme » de l'humanité. Je n'en ai jamais souffert : le vote des femmes existait quand je suis née, pas tout à fait la parité mais assez pour mes besoins, même si c'était égoïste vis-à-vis des femmes plus opprimées. J'ai été acceptée dans les universités de mon choix, j'ai été recrutée à un salaire suffisant. J'avais été élevée dans l'idée que les femmes étaient les plus fortes, qu'on pouvait être et faire ce qu'on voulait, qu'on était intelligentes. Ma petite-fille n'aime pas que je dise que j'ai attendu ça toute ma vie mais on ne m'a jamais harcelée, violée, agressée.

Je lui explique que je veux dire « être désirée ». « Ce n'est pas la même chose ! » Elle a raison. J'ai un t-shirt tellement pas politiquement correct que je ne le mets plus : « *Harass me ! PLEASE !* » (« Harcelez-moi ! S'il vous plaît ! ») Grâce à mes petites-filles, j'apprends la condition féminine, comme si j'avais changé de côté.

Je voudrais me mettre dans la peau d'un homme, ne serait-ce qu'un jour, alors j'ai écrit avec Alain Grousset un livre de science-fiction, *Tout amour est extraterrestre*, qui se passe dans un monde où les filles deviennent des garçons à l'adolescence. Mon héroïne n'aime pas cette transformation, elle n'aime pas être mâle. Elle revient à son idéal : être femme. J'ai toujours eu pitié des hommes : pour la plupart, ils ne font pas la cuisine, qui est un si grand plaisir de ma vie quotidienne. J'adore choisir les légumes, les préparer, les cuisiner. Les hommes ne tricotent pas non plus. Ils s'ennuient, mais pas de notre ennui créatif et fertile, d'un ennui ennuyeux, à tourner en rond.

Et si j'étais un homme, je ne pense pas que je serais obsédée par le ballon, jusqu'à lui donner des coups de pied, à l'envoyer dans un panier ou dans un trou par terre. Je ne suis déjà pas sportive comme femme, bien que j'aurais aimé l'être davantage, au lieu d'être une patapouf. Dans la rubrique « aurais aimé être », il y a aussi femme fatale, femme militante, scientifique, fée du logis, fée tout court.

Il y a un inconvénient à être une femme : les règles !

Tous les mois le big bang
Se noyer dans son propre sang
Et toujours un jour d'audition
On l'appelle la malédiction
Fatalement à l'oral du bac
Ou aux examens de la fac
Aucun homme ne sait ce que c'est
Douleur et peine une grossière plaie
Des années et des années de galère
Tout ça pour devenir mère...

Et puis la peur, l'inquiétude, quand on est une femme – est-ce que les hommes, eux, s'arrêtent de respirer quand leur enfant passe un examen ? Est-ce qu'ils craignent, eux, que la Terre s'arrête de tourner s'ils cessent de se faire du souci ?

Et aussi les vêtements, la fringale des fringues. Chez moi, le confort prime sur l'élégance. Tous mes habits ne sont que des sortes de chemises de nuit ou de pyjamas, mais mes armoires et mes placards sont pleins de chiffons, achetés en solde sur trois continents, que je ne mettrai jamais. J'admire les femmes bien habillées (comme ma fille Lili). Quand je voyage, je n'emporte qu'une paire de chaussures, celle que j'ai aux pieds. Quand on chausse du 43, une paire remplit toute la valise ! Une fois, à l'aéroport, j'ai remarqué que je portais mes pantoufles, à moitié mangées par un gros rat. Le soir même, j'avais une conférence. Je suis arrivée à Strasbourg trop tard pour m'acheter des chaussures, comme si le 43 pour femme se trouvait facilement…

Des questions : Est-ce que c'est plus facile de se masturber pour un homme que pour une femme ? Est-ce que la jouissance est plus satisfaisante ? Est-ce que leurs pulsions sont plus fortes ? C'est comment, d'être un homme ?

Je ne vois pas d'autre alternative que d'être femme.

Passer sa vie tout feu tout flammes
Faire des trucs nuls comme tricoter
Cuisiner, se bichonner
S'habiller cucul froufrous
Pleurer sans gêne des gros *boohoo*
Se donner aux saints ragots et potins
Acheter des culottes pour le popotin
Parler des heures au téléphone
Journée pyjama en mollassonne
Aimer sans filet et sans freiner
Semaine active à s'entraîner
Regarder des comédies romantiques
Et lire des livres d'amour merdiques
Danser en se laissant aller

Chocolat et gâteaux salés
Chanter fort et faire la folle
Être femme c'est du bol

Je ne pense pas qu'il y ait eu de faire-part pour annoncer ma naissance. On aurait été obligé d'écrire : « Oh, merde ! Encore une fille ! »

EXIL 3

Entrer à l'école

Comme il n'y avait pas de maternelle aux États-Unis, je ne suis entrée au *kinder-garden* qu'à l'âge de six ans. Condamnée à quitter ma patrie-maison pour un lieu hostile, ma voix s'est d'abord enfuie. Je n'arrivais plus à parler. Cette dame devant la classe n'était pas ma maman. Mes sœurs étaient loin. Les portes des toilettes s'arrêtaient à mi-chemin du sol et j'avais peur qu'on voie ma culotte. Au début, je préférais me retenir toute la journée plutôt que d'y aller. Mais petit à petit, en une semaine, cet exil fut ma chance.

À la maison, j'étais une petite souris grise dans l'ombre de mes belles et fabuleuses sœurs. C'est à l'école que j'ai pris le dessus. Je brillais, chouchoute absolue et première en tout. Là, je fus championne du monde.

À l'école et dans tout l'État du New Jersey, je gagnais des concours de toutes sortes. Ma mère disait qu'il allait falloir changer de maison pour caser mes trophées. J'allais à l'école comme on va à un parc d'attractions, à une fête, et j'étais la reine du bal. J'ai remporté tous les *spelling bees*, les concours d'orthographe où chaque équipe doit à tour de rôle, debout, épeler le mot désigné. J'ai réussi l'audition pour entrer dans l'orchestre symphonique junior, et ma mère me conduisait aux répétitions, le manche de la contrebasse sortant par la vitre de la voiture. Mes sœurs étaient fières de moi. Elles, elles préféraient être belles plutôt qu'intelligentes. Moi aussi, mais je n'avais pas le choix.

Ça bouillonnait, chez nous. Voilà la raison pour laquelle je fus obligée d'écrire : j'ai grandi dans une maison tellement bruyante, où tout le monde parlait en même temps, que le seul moyen de placer un mot était de l'écrire. À partir du moment où j'ai su le faire, j'ai écrit tous les jours dans mon journal intime. Je me cachais dans un placard pour lire des gros pavés car c'était mal vu, une perte de temps, et je m'asseyais à la table de la salle à manger pour écrire. Nous n'avions pas de bureau dans nos chambres. Pour mes sœurs, cela n'aurait servi à rien mais moi, j'en rêvais. À tel point que maintenant j'en ai deux.

Le bureau est ma maison. Lire et écrire, les deux techniques que j'ai apprises à l'école, sont devenues mon exil permanent et constant à partir de mes sept ans. Il faut quitter la nuit du sommeil pour accueillir le jour et l'action. Mon action, c'est écrire. Il faut s'abstraire de la vie pour entrer dans la coquille de l'écriture. Il faut au préalable observer et ensuite intégrer la vie dans cette écriture. Il faut aussi renoncer à la vie pour écrire, car l'ingrédient principal c'est le temps. Tout son temps tout le temps, et le reste du temps, quand on n'écrit pas, on ne pense qu'à écrire, quoi écrire, comment démarrer une histoire, comment la poursuivre, comment la finir. Mijoter les personnages, page après page.

Au début, l'écriture était un plaisir sensuel, presque sexuel. Avant d'avoir des idées, je copiais des livres pendant des heures rien que pour la spectaculaire sensation d'écrire.

Quand je pousse le crayon à travers la feuille
J'ai l'impression de me faire des chatouilles
Mes doigts vont en vadrouille
Quand ils s'arrêtent, ils sont en deuil.

Quand le crayon a fait le plein
Et qu'il court à cent à l'heure
Je suis quelque part ailleurs
Toute ma vie est dans ma main.

Ces dernières années, j'ai complètement viré clavier et écran. Moins physique, mais aussi satisfaisant de voir se remplir une page après l'autre.

Sur toutes les photos de classe, année après année, je suis toujours radieuse pour la simple raison que... je l'étais ! Acquérir toutes ces connaissances me semblait utile et je n'ai jamais rien appris de mieux que lire et écrire, quelle aubaine ! Quant à l'arithmétique, je faisais le minimum nécessaire pour survivre mais je n'ai jamais aimé les chiffres autant que les lettres. En grimpant les niveaux, je n'ai rien trouvé d'aussi intéressant que de lire. Lire, un autre exil : il faut couper dans le déroulement de la vie pour se vautrer sur son île et se livrer à d'autres vies, d'autres personnages, d'autres histoires, d'autres terres et planètes, oui, s'exiler. S'extraire de la vie sociale et de la communication avec d'autres humains pour ces amis en papier.

Seule dans la nuit
Je lis au lit

Et voilà ma vie
En papier racorni

Aussi, en classe, je calais un livre sur mes genoux et lisais allégrement jusqu'au jour où, au milieu de *David Copperfield*, je me suis mise à sangloter. Mrs Daniels est alors venue vers moi en disant : « Mais qu'est-ce qui t'arrive, Susie ? » Elle a vu le livre et, dès lors, elle s'est mise à me surveiller de près. Mais c'était une belle jeune femme sympathique qui avait l'air de me comprendre – et puis, au fond, elle n'avait rien à me reprocher.

À neuf ans, après cet incident, j'ai changé de tactique. Au lieu de lire en classe, j'écrivais. Des lettres, des poèmes, des nouvelles. On pouvait croire que je prenais des notes. J'ai continué à écrire en classe toute ma vie puisque je ne suis jamais sortie de l'école. Quand j'étais professeur d'anglais à l'université, il y avait des jours où j'avais tellement envie d'écrire que c'était insoutenable. À ces moments-là, je donnais une interro à mes étudiants et j'écrivais, guillerette, à mon bureau, arnaquant ainsi l'Éducation nationale pendant mes trente-six ans de carrière. Et j'ai eu les Palmes académiques !

Que ce soit en Amérique ou à Jérusalem, où j'ai étudié avant de venir en France, je planais en cours, tellement heureuse de cette chance de m'enrichir avec mes professeurs et mes camarades de classe. Il suffisait qu'on évoque un livre et je courais à la bibliothèque pour l'emprunter. J'étais amoureuse de presque tous mes professeurs. Ils étaient disponibles pour nous, on allait boire un verre après les cours. Les notes étaient tellement secondaires par rapport au plaisir d'apprendre. On échangeait entre amis sur tout ce qu'on apprenait en classe. On s'abreuvait à une fontaine vivante et conviviale.

À mon arrivée en France, à la fin des années soixante, on n'a pas reconnu mes diplômes américains. Jacques, mon mari, a insisté pour que je m'inscrive à la fac afin d'avoir une équivalence. Je me serais contentée d'être une femme au foyer, une jeune mère. Mais chaque jour, je déposais mon bébé chez ma belle-mère, puis je partais à vélo à la fac de lettres de Nice. Elle venait d'être construite, c'était un monstre de béton sans le moindre charme, aride, moche, une caserne. On voyait la mer, quand même. Je laissais mon vélo en bas du grand escalier – personne n'avait pensé aux handicapés. Alors que la fac de sciences où travaillait Jacques était un des plus beaux campus de France, situé dans le parc de Valrose, aux arbres millénaires.

Qu'est-ce qui a alors changé, dans mon rapport aux études ? J'allais en classe, à l'image du bâtiment, c'était froid, sans saveur, et quand les cours s'achevaient, je rebroussais chemin, récupérais mon bébé et faisais les courses avant de rentrer.

J'étais inscrite en anglais, alors qu'aux États-Unis j'avais fait des études d'histoire, et j'ai eu ma licence grâce à Mai 68 : les examens ont été abrégés, il n'y a pas eu d'épreuve de traduction (je parlais à peine le français).

Après ma maîtrise d'anglais, j'ai entrepris un doctorat en littérature comparée. J'ai rendu ma thèse le jour où ma deuxième fille, Mayah, est née – deux accouchements pour le prix d'un. Je suis devenue assistante d'anglais à la fac de sciences en 1972, rejoignant Jacques, mais dans un laboratoire de langues que je ne savais pas faire marcher. Un cauchemar! J'ai appris tant bien que mal, en Charlot autodidacte technophobe.

Enseigner était moins une vocation qu'un moyen d'augmenter nos faibles revenus. N'empêche, j'angoissais toute la semaine pour proposer une leçon intéressante, un moyen de capter l'attention des étudiants, de faire parler ces pierres. J'ai enseigné pendant trente-six ans, mais ça n'a jamais été une histoire d'amour. Les étudiants me trouvaient bizarre, et réciproquement. Je regrette de ne pas avoir pris de notes sur le « programme » biscornu que je leur proposais, concocté plus pour le spectacle que pour leur donner des bases solides, car tous les jours il y avait des anecdotes, de petits étonnements qui se sont évaporés dans le brouillard de l'oubli. Il ne faut pas se fier à sa mémoire. Il y avait ces réactions d'étudiants, comme quand un jeune homme, futur ingénieur, est venu après le cours me féliciter. J'avais demandé à Jacques (mon mari était mathématicien) une liste de symboles mathématiques en anglais et je les avais écrits au tableau en les prononçant. « Bon, m'a dit cet étudiant, pour une fois que ce n'était pas le délire, c'était bien ! »

Pendant ce temps, mes filles étaient entrées à l'école, et je constatais que la maternelle, le primaire, le collège et le lycée étaient pour elles source de frustration et de colère. Quand j'allais les chercher, c'était des nœuds d'angoisse et d'énervement. Elles pleurnichaient sur la quantité de devoirs et les injustices de la journée : des interros surprises, des réprimandes pas méritées. L'école inspirait la plupart de mes disputes avec Jacques, qui terminait toujours la conversation par la vérité suivante : « Tu ne peux pas savoir de quoi tu parles. »

Mais ma mère n'en revenait pas de trouver ses petites-filles françaises aussi érudites. Les cahiers de mes enfants en primaire équivalaient au niveau universitaire américain… en mieux ! Prof de lycée à Newark, où ses élèves étaient pratiquement analphabètes, elle ne comprenait pas comment l'éducation française de ses petites-filles pouvait atteindre de tels sommets.

Aujourd'hui, invitée dans des classes partout dans le monde en tant qu'auteur jeunesse, je ne quitte pratiquement jamais plus l'école. C'est un grand sujet dans mes livres, où j'essaie de montrer un enseignement et des professeurs idéaux. *Joker*, *L'Autographe*, *La Liste des fournitures*, *La Sixième*, *Margot Mégalo*, *Terminale ! Tout le monde descend*, et tant d'autres. Mais il me semble que les ministres de l'Éducation nationale ne lisent pas mes livres, même quand je les leur envoie.

Je crois en l'éducation comme les dévots croient en Dieu. J'idolâtre l'école. C'est pour ça que j'ai tellement mal pris que mon petit-fils Sacha n'y aille pas, à cause de sa santé fragile. Mais quand je constate ce qu'il sait, ce qu'il lit et ce qu'il écrit, j'arrive à considérer l'école comme une royale perte de temps.

EXIL 4

Être loin de ses sœurs

Étant la benjamine, pour moi, mes sœurs étaient là depuis toujours. Vivant aujourd'hui en France, loin de nos fous rires, de notre hystérie générale, de notre familiarité pantouflarde, je me sens hors sol car ce sont elles, mes racines. Quand je me parle à moi-même, c'est à elles que je m'adresse. Elles peuplent mes rêves profonds.

Enfant, je rêvais de me marier, comme mes sœurs, de vivre moi aussi dans une grande maison et d'aller tous les jours avec elles au restaurant, déjeuner en gloussant. Je ne glousse avec personne comme je glousse avec mes sœurs. On dit *giggling* pour « glousser », en anglais. Les chatouillements de l'amour. Un rien pouvait être l'étincelle pour une déflagration de fous rires. Nous seules avions les codes. Rire des mêmes choses, avoir cet humour en commun, c'est sans doute génétique. « Sœur » ça rime avec « cœur ».

Avec ma mère et mes sœurs, nous formions un clan, étalées sur le grand lit de ma sœur Sandra. Nous passions en revue toutes les filles de nos classes respectives, avec tous leurs défauts mortels : l'une s'était fait refaire le nez et ça n'avait même pas aidé, l'autre louchait sous ses lunettes épaisses et une troisième avait mauvaise haleine, l'un des pires crimes contre l'humanité en Amérique, où l'on fait tant de publicité contre ce fléau.

Après m'avoir si souvent traitée de « moche », face à tous ces modèles boiteux, elles essayaient de me donner confiance : « Si tu ne mettais pas tes lunettes, tu serais pas mal ! » Tant pis si je ne voyais rien à plus d'un pied. « Si tu te tenais droite, tu serais ravissante. » Elles m'habillaient, me coiffaient, me transformaient, me relookaient. Effie priait pour moi ! Sans leurs encouragements, j'aurais sans doute eu moins de complexes, même si, plus tard, Jacques a fait de son mieux pour m'en fournir d'autres.

Mes sœurs étaient à la fois bienveillantes et hostiles. J'étais leur poupée imparfaite parce que pas blonde aux yeux bleus, pas bouclée, pas belle. Elles qui devaient culpabiliser d'avoir reçu toute la beauté sans m'en laisser une miette faisaient tout leur possible pour moi. Elles m'ont fait une permanente et mes cheveux sont devenus une botte de queues de cochon. Elles m'ont collé des bandes adhésives du bas du nez jusqu'au front pour forcer mon nez crochu à se retrousser. Elles m'ont retiré mes lunettes en me disant que c'est aussi bien de voir flou. Elles voulaient que je sois belle.

Elles étaient fières de mes notes et de mes aptitudes mais elles n'aimaient ni mon application ni ma discipline. «*All work and no play makes Jack a dull boy*», dit le proverbe préféré de mes sœurs («Que du travail et aucun jeu font de Jack un garçon ennuyeux»). Pour elles, tout était bien si c'était facile et sans effort. Sandra me criait à travers la maison: «Lincoln a libéré les esclaves!» L'école aurait été un esclavage si jamais elle avait daigné ouvrir un cahier. Sa méthode était de s'en sortir en parlant, en négociant, en manipulant.

Mes sœurs me demandaient de menus services tout au long de la journée contre des sorties excitantes avec elles. Je faisais leurs devoirs contre des faveurs, comme aller en cachette nous gaver de hot-dogs chez Rutt's Hut. Je lisais leurs livres et en rédigeais les comptes rendus. Je répétais avec ma sœur Effie les dix mots à apprendre de *Word Wealth*, un manuel listant le vocabulaire qu'il fallait connaître par cœur. Je connaissais les dix avant qu'elle ne mémorise le premier.

Elles n'étaient pas les cruelles fausses sœurs de Cendrillon, mais elles m'appelaient... Cendrillon ! Elles se référaient à moi en tant que *baby sister*, j'étais le « bébé sœur ». Elles étaient des teenagers, et moi, j'étais encore loin dans l'enfance.

Elles étaient, malgré tout – les taquineries, les rages, les vexations – mes bonnes fées, chacune avec son pouvoir magique. Je les observais les yeux écarquillés, émerveillée !

J'ai beaucoup écrit sur elles, mais j'hésite à publier le livre dont je rêve sur ma sœur Sandra, ma sœur pirate, à cause de son fils et de ses petites-filles. Je l'ai commencé, sous le titre *Free of charge* (Tout est gratuit), pour raconter les mille et un épisodes et anecdotes sur sa « méthode » de vie, c'est-à-dire tout obtenir sans payer.

Le pouvoir de Sandra, de huit ans mon aînée, était de ne pas se soucier de ce que l'on pouvait penser d'elle. Moi, sage, craintive, obéissante, je ne comprenais pas comment elle pouvait être aussi effrontée, éhontée, culottée, sans gêne, audacieuse. Elle était comme une reine : autoritaire, impériale, tellement sûre d'elle-même et de ses droits, de ses opinions, qu'elle savait convaincre. Ceux et celles qui avaient le malheur de se mettre en travers de son chemin finissaient en hachis Parmentier.

Elle partait du principe qu'elle n'était qu'une pauvresse alors que le monde était plein de riches usurpateurs. Elle s'attribuait le rôle de justicière, un Robin des bois qui volait aux riches pour donner au pauvre : elle-même. Ainsi, quand elle a appris à conduire, elle a rempli une boîte de *pennies* (centimes) pour les péages. Chaque fois qu'une cabine de péage diabolique et exorbitante se présentait sur notre chemin, elle jetait un *penny* au lieu des vingt-cinq (un *quarter*) requis. Je la suppliais, les larmes aux yeux, d'accepter le *quarter* que j'avais extrait de ma tirelire en prévision de ce moment. Rien à faire. Le *penny* produisait la réaction que je craignais : un tonnerre de cloches et des lumières clignotantes. À l'époque il n'y avait pas de barrière, ce qui nous permettait de franchir ces péages. Elle, imperturbable. Et moi, froussarde, en pleine crise de nerfs.

Le catalogue de ses exploits est assez long pour remplir plusieurs volumes et j'aimerais tant les écrire. Pour en donner quelques exemples :

Un jour, avant la séance de cinéma, qu'elle nous offrait grâce à des billets gratuits, on fait un crochet aux toilettes. Je lui demande de me passer du papier toilette par-dessous la cloison.

— QUOI ? Il n'y a pas de papier ?

Je répète ma demande.

— ATTENDS LÀ ! Ne bouge pas !

Paralysée par son ton autoritaire, je reste dans la cabine. Elle sort et revient avec le gérant, qui ne comprend pas quelle fureur la frappe.

— VOUS TROUVEZ NORMAL QU'AUX ÉTATS-UNIS D'AMÉRIQUE IL N'Y AIT PAS DE PAPIER TOILETTE DANS UN CINÉMA PRESTIGIEUX ???

Non seulement il courut sur-le-champ chercher quelques-uns de ces rouleaux si utiles mais il se confondit en excuses et lui offrit six mois de cinéma gratuit – avec une méga portion de pop-corn pour chacune.

Après le cinéma, pour nous désaltérer de notre overdose de pop-corn, elle nous traîne chez le glacier aux trente et un parfums. La glace a toujours été le principal objet de ma boulimie et je salive en imaginant un cornet. Sandra raconte à la pathétique petite employée qu'elle organise une fête avec cent jeunes et qu'elle a besoin d'aide pour choisir les parfums. Pourrait-elle les goûter ? La fille nous offre à toutes les trois chaque parfum, cuillerée après cuillerée. Après ce festin, ma sœur lui promet de passer commande la semaine suivante.

Le même jour, nous allons dîner dans une chaîne de restaurants populaires. Nous sommes placées à une bonne table, pour manger nos hamburgers et nos frites (à volonté), à un prix défiant toute concurrence, sauf qu'il y a des mouches, et qu'elles ne savent pas qu'elles gênent Son Altesse. On nous apporte l'addition et – ça ne rate jamais – ma sœur demande à voir le gérant pour lui dire combien ce repas a été traumatisant. On a failli avaler des mouches, c'est inadmissible de subir de telles nuisances dans un restaurant aux États-Unis d'Amérique en plein XXe siècle. Il n'a pas d'autre issue que de nous offrir le repas. Avant de partir, on nous fait même cadeau de boîtes de pâtisseries maison pour compenser notre déconvenue.

Du rayon cosmétique, Sandra ramenait des pots de *turnover cream*, une crème censée régénérer la peau et enlever les rides. « Ça n'a rien fait : zéro ! » disait chaque fois ma sœur à la vendeuse. On lui remboursait le prix de la crème et on lui offrait des sachets d'échantillons.

Avec elle, bien des journées étaient gratuites. On ne savait jamais ce qu'elle allait faire ou quels rebondissements nous attendaient.

Bien sûr, nous étions aux États-Unis, où le client est roi, mais ma sœur hissait cette loi à un très haut niveau. Je n'ai donné que quelques exemples de ses manigances, parmi des milliers. Ses micmacs et ses combines nous étonnaient toujours, par leur variété et leur créativité.

Le pouvoir magique d'Effie, mon autre sœur, mon aînée de cinq ans, était de faire rire : elle étalait la bonne humeur et le bonheur comme du beurre salé sur une tranche de pain toasté. On le savait : il fallait toujours avoir une culotte de rechange quand on traînait avec elle, tellement on pissait de rire en pleine rue.

Il y avait son apparence, d'abord. Elle a dû être la première à adhérer au maquillage permanent, se faisant tatouer une ligne noire autour des yeux, sur laquelle elle mettait encore une couche de noir et un fard à paupières bleu ou vert. Plus du rouge à lèvres rose fuchsia ou rouge feu. Des boucles différentes à chaque oreille : de grosses fleurs artificielles ou des objets familiers reconvertis en bijoux, comme des toilettes miniatures de la maison de poupée Barbie à un lobe, et, à l'autre, son rouleau de papier. Quand on lui demandait où elle trouvait ses bijoux, elle répondait : « Chez Cartier. » L'avoir dans son champ de vision était un choc... et un cadeau. Un cadeau offert au monde. Son sourire illuminait la terre entière. Personne ne peut l'oublier.

Il lui arrivait de prendre dans ses bras en pleine rue une vieille personne qui avançait en boitant avec sa canne et de lui dire : « Vous êtes formidable. Continuez comme ça. » Ou, à un vieux qui s'arrêtait net en la découvrant : « C'est bien, tant que vous regardez les belles filles vous êtes vivant ! » Elle disait aux moches qui louchaient qu'elles étaient belles et pour un bref instant elles la croyaient. Parce qu'elle les voyait comme ça.

Être avec elle dans la rue, au marché, à l'aéroport était un voyage en soi. Une moisson de sourires, de commentaires, de rencontres. Tout le monde voulait la prendre en photo. Elle disait : « Oui, mais ça coûte cher ! » Ça valait la peine de vivre car vivre était un festin de joie, d'aventure, de péripéties. Même entrer dans un ascenseur avec elle créait des étincelles.

Elle avait une complicité immédiate avec chaque être humain. Elle marchait sur l'eau.

Quand j'étais petite, on allait tous les dimanches rendre visite à notre grand-père, Zaydeh Dovid, dans un taudis pour vieux messieurs juifs orthodoxes. On le retrouvait sur le banc dans l'entrée, ça puait l'urine. On aurait dit qu'il nous attendait là depuis la dernière fois, avec ses mèches bouclées jaunies qui pendouillaient sous sa kippa, ses yeux rouges, sa barbe qui n'avait pas connu le savon depuis longtemps. Son costume noir n'avait pas été lavé depuis le siècle dernier. J'avais horreur d'y aller. Mais pas Effie. On partageait le privilège de lui offrir la boîte de cigares que mon père apportait chaque fois au sien. Mon père s'était détourné de l'orthodoxie quand il nous avait envoyées à la yeshiva. Ses parents désapprouvaient. Étudier n'était pas pour les filles.

Zaydeh Dovid ne regardait personne sauf Effie. Elle ne lui parlait pas, elle aboyait « *Woof woof!* » et le vieil homme, retourné à sa petite enfance, riait aux éclats. Moi aussi je voulais le faire rire, mais mes « *Woof woof* » n'ont jamais marché. Seule Effie pouvait jouer ce rôle.

EXIL 5

Être juive

Être minoritaire, issue d'une minorité persécutée et d'une histoire de souffrance, c'est l'exil par excellence. Même si l'on n'a pas été personnellement déporté, emprisonné ou massacré. On survit, mais toujours avec la menace du pire. Le mot « réfugié » est douloureux, une plaie ouverte. Les réfugiés ne sont jamais les autres, c'est toujours moi.

De mon école juive, la yeshiva, que j'adorai dès mes dix ans, je conserve l'image du directeur, M. Schloss, en haut de l'escalier, qui criait mon nom comme Dieu appelle Moïse sur le mont Sinaï, chaque fois que j'étais prise en flagrant délit de retard pour les prières du matin.

Je détestais ces prières léchant le cul d'un dieu invisible, un dieu fictif pour moi. J'avais beaucoup d'autres petits dieux fictifs, les héros de mes livres. Je refusais de le remercier vingt mille fois pour des services non rendus, comme nourrir les affamés, guérir les malades et ressusciter les morts. Les garçons ânonnaient « Merci de ne pas m'avoir fait femme » et les filles « Merci de m'avoir fait selon ta volonté ». Pourtant, j'enviais mes copines profondément religieuses.

À la yeshiva, le matin était dévolu au « sacré » et l'après-midi aux matières scolaires : anglais, maths, histoire, etc. J'aimais autant les matins que les après-midi. Mon engouement pour l'école se poursuivait.

Le bâtiment de Clinton Avenue était lugubre et délabré, contrairement à l'École publique numéro 5, où j'avais commencé ma scolarité. Pour y aller, ce n'était plus une promenade à pied de cinq minutes – qui faisait de l'école presque une extension de ma maison – mais un long séjour dans le bus numéro 13, après une longue marche, parfois dans la neige épaisse, vers Nutley, la ville voisine, où ce bus passait toutes les heures.

Sur le chemin, un petit magasin vendait des barres de confiseries et autres cochonneries que j'achetais en abondance après avoir prélevé le financement nécessaire des poches des pantalons de mon père. Je mangeais tout au long du trajet en bus, rendant supportable la traversée de ce paysage urbain sans charme qu'offrait Newark.

Je préférais être punie pour mon retard que de suivre l'office. N'empêche que les études sacrées me passionnaient. J'adorais l'hébreu, sa littérature, la Bible en V.O. J'ai eu des palpitations en lisant, déclamant et chantant les poèmes de Chaïm Nahman Bialik, le poète le plus célèbre de la langue hébraïque, qui rêvait de rejoindre Israël. Curieusement, la plupart de ses poèmes ont été écrits en exil. À partir du moment où il s'est installé en Israël, il a comme perdu son élan et a peu écrit. Ses poèmes ont fourni les paroles des chansons les plus populaires :

Prends-moi sous ton aile et protège-moi.
Sois ma mère et ma sœur.
Et que je fasse de ton sein le refuge de ma pensée,
le nid de ma prière inexaucée.
Entre le jour et les étoiles, à l'heure des pitiés, sur moi
penche-toi : je te dirai tout le secret de ma douleur,
On dit qu'au monde existe une jeunesse.
Où est-elle ma jeunesse ?
Encore un secret que je te confie : une flamme
brûle dans mon âme.
On dit qu'au monde il existe un amour...
Qu'est-ce que l'amour ?
Les astres m'ont trompé, j'ai fait un rêve, il a passé.
Maintenant, je n'ai rien au monde, plus rien.
Prends-moi sous ton aile et protège-moi.
Sois ma mère et ma sœur.
Et que je fasse de ton sein le refuge de ma pensée,
le nid de ma prière inexaucée.

Chaque mot en hébreu faisait battre mon cœur. À part les trajets, à part le bâtiment détérioré et laid, c'était pour moi l'école idéale. Sans parler de la cantine trois étoiles, où j'excellais : on me félicitait de finir mon assiette sans laisser une miette. Il y avait la quantité et la qualité car la cuisinière était une vraie grand-mère, fière de ses plats. Quand on entonnait le « Birkat hamazone », la bénédiction après le repas pour exprimer notre gratitude, c'est moi qui chantais le plus fort.

À l'École publique numéro 5, j'étais américaine, je saluais le drapeau tous les jours (« *I pledge allegiance to the flag of the United States of America* »), mais à la yeshiva, je n'étais pas citoyenne du monde, juste de mon école juive. J'y étais pleinement juive, un état en soi, une culture, j'étais chez moi sans être tout à fait comme eux, et à part les prières, je gobais tout. Ma famille vivait depuis toujours dans sa bulle juive, mais ici la bulle s'est agrandie.

À la yeshiva de Newark, je devins libre de saluer un autre drapeau, celui du nouvel État d'Israël. Je n'y étais pas encore allée, mais j'étais patriote, attachée à ce bout de tissu bleu et blanc comme à mon doudou enfantin. On apprenait ses danses folkloriques, on chantait ses hymnes avec une ferveur jamais connue ailleurs. Je participais fièrement aux associations sionistes. La carte du maigre et minuscule Israël, si loin de chez moi, faisait battre mon cœur. Un amour inconditionnel, qui fut néanmoins déçu par la suite.

L'État d'Israël était né quelques années après moi et faisait à peu près la même superficie que mon État natal du New Jersey, deux cacahouètes. Theodor Herzl, le « père » du rêve sioniste, Ben Gourion, Chaïm Weizman, Golda Meir, Abba Eban, les premiers chefs pionniers étaient mes héros. J'aurais peur de découvrir qu'eux aussi n'étaient que des politiciens comme on en connaît aujourd'hui. Chaque jour, quand Israël n'est pas mentionné dans les informations, je respire. Et j'aspire à cette paix mythique.

Lors de la cérémonie de fin de collège (à quatorze ans), pour défiler devant nos familles, on portait toutes des robes soyeuses et pleines de froufrous, des coiffures de chez le coiffeur (ma première fois !), et on avait fait nos premiers essais de maquillage. Maman avait accepté de m'acheter une robe qui ne soit pas une loque héritée de mes sœurs. L'expression anglaise est *hand-me-down*, pour dire que les vêtements vont de la plus grande à la plus petite en passant par celle du milieu. La robe achetée par ma mère était quand même hideuse.

En tant que première de la classe, j'ai eu le droit de faire un discours (j'étais déjà cabotine !) J'avais travaillé le texte comme on taille un diamant (je ne sais pas comment tailler un diamant !) et voilà ce qui en est sorti :

« Je remercie Walter Pickart, voisin bête et méchant, qui m'a verbalement attaquée à Adelaide Street en me traitant de "Sale juive !", car mes parents ont réagi en m'inscrivant ici, à la yeshiva de Newark. J'aurais du mal à cataloguer les avantages de cette école dans le peu de temps qui m'est attribué, mais parlons pour commencer du dévouement de nos professeurs, qui nous offrent des cours passionnants, que ce soit en études sacrées ou laïques, de la camaraderie chaleureuse, de la cantine gastronomique, et de l'acquisition pleinement consciente d'une identité riche et stimulante. J'ai appris la fierté d'être une sale juive. Ici on m'a donné des fondations pour tout le reste de ma vie, l'amour des études, la recherche des racines. J'ai appris à poser des questions, à accumuler des connaissances et à reconnaître les trésors que sont les livres. Je suis éternellement reconnaissante. »

Je soupçonne les gens qui se disent « citoyens du monde » de mentir. Est-il possible d'évacuer toute l'histoire accumulée le long des siècles pour être quelqu'un d'autre que soi ? Je me sens si profondément nourrie des malheurs, des persécutions, des massacres, de la Shoah, du livre *Pirkei Avot* (La sagesse des anciens), de l'humour, des récits et des mythes, que je me sens juive avant tout, avant d'être une personne incarnée, avec ses poumons et sa vésicule biliaire, son cœur et ses tripes, éventuellement son cerveau. Je suis juive avant même d'être femme (sauf en cas de grossesse). Juive à la racine carrée.

L'un de mes cauchemars récurrents, c'est d'apprendre que je ne suis pas juive, que j'ai été adoptée. Je me retrouverais nue, creuse et vide.

Je nous vois en train de nettoyer la maison pour Pessah, enlever toutes les boîtes, chaque chose du garde-manger, un véritable déménagement annuel, une chasse aux miettes, délivrer chaque objet de sa poussière, débarrasser les armoires pour faire l'inventaire et récurer les placards, les tiroirs, pour purifier nos têtes et arriver à la table du repas rituel, le *seder*, neufs et propres. Si je n'étais pas juive, que ferais-je de la *chanukiah*, le chandelier à huit branches, sur lequel on allume les bougies pendant huit jours pour fêter une victoire et un miracle qui n'ont sans doute jamais eu lieu ? Serais-je privée de la lecture du *Livre d'Esther* à Pourim, une fête juive exceptionnellement gaie, célébrant une histoire où l'on sort victorieux des ennemis, que j'ai réécrite dans mon livre *Esther, reine malgré elle*, roman consacré à l'une des rares héroïnes de l'histoire juive ?

J'étais et je suis toujours irradiée de bonheur quand je fais la connaissance d'une personne qui se révèle être juive. C'est comme si je rencontrais un jumeau dont j'ai été séparée depuis la naissance. Apprendre qu'un célèbre inconnu dont j'apprécie le travail est juif fait ma joie. C'est ma famille. J'aime les juifs. Je sais que c'est chauvin, mal vu et pas politiquement correct. C'est une confession plutôt honteuse que je fais ici. J'essaie de me l'expliquer sans succès, mais quand Alice Kaddoche Tubiana m'a abordée et a fait un commentaire sur mes chaussures, le premier jour de maternelle de Lili, j'ai su que j'étais enfin chez moi en France. Deux minutes après, elle nous a invités pour un shabbat tunisien-marocain. Et ce fut mon amie pour la vie. Elle m'a initiée à des spécialités culinaires éblouissantes, tellement plus savoureuses que le *gefilte fish* répugnant de la cuisine de ma mère. Pour la première fois, j'ai appris que tous les juifs n'étaient pas ashkénazes.

Un soir, au salon du livre de Morges, en Suisse, les auteurs étaient invités à un banquet. On nous a servi d'énormes plats de paella révoltants garnis de bestioles sans écailles et sans nageoires, bref, pas cacher. Vraiment peu appétissant ! Je me suis assise avec mon amoureux Georges, loin de la foule affamée. Petit à petit nos deux chaises sont devenues le centre d'un cercle d'auteurs gravitant autour de nous. Un à un, des gens que je ne soupçonnais pas d'être membres de ma tribu ont raconté leur histoire familiale. On avait formé un ghetto. Personne ne mangeait l'infecte paella. Je n'avais même plus faim, tellement j'étais repue d'amitié.

Mon amour des juifs n'exclut pas l'amour des non-juifs. C'est juste que les « goys » ne sont pas des juifs. Ma belle-mère vivait à moitié cachée dans la maison attenante à la nôtre. Quand elle sortait, la mort dans l'âme, elle regardait à gauche et à droite, guettant le malheur. Je lui demandais : « Pourquoi as-tu si peur ? » Et elle répondait : « Comment puis-je savoir ce qu'il y a dans la tête d'un goy ? » Avec les non-juifs, des fois, il y a de la chaleur en moins, comme un plat qui manque d'épices. J'ai des relations profondes et riches en dehors de ma tribu, des amours véritables, mais je redoute encore le jour où on me fera une remarque qui commence par les mots « vous autres » – et ça arrive toujours, de façon inévitable, et en toute innocence.

Je regrette seulement de ne pas avoir transmis à mes enfants mon affection débordante pour le judaïsme. Mais est-ce que c'est transmissible sans communauté environnante ? Jacques a toujours incriminé notre manque de résolution à immigrer en Israël. À Nice, nous n'avions pas de véritable communauté. Il allait à la synagogue ashkénaze de la rue Blacas, fondée par son père. Je ne supportais pas que nous soyons reléguées au balcon, moi et mes filles, avec les femmes qui caquetaient pendant l'office. J'ai essayé d'inscrire mes filles au Talmud Torah, les cours d'apprentissage de l'hébreu après l'école, mais elles étaient les seules filles et on les a installées derrière un rideau. J'ai vraiment essayé.

En Amérique, quand avait lieu une fête juive, tout le monde le savait. C'était bon de se retrouver à ces moments-là à la synagogue, on passait en revue les tenues de toutes les autres femmes. Mon père, grand fumeur, sortait et s'éloignait pour allumer une cigarette. À Yom Kippour, jour de jeûne, le temps passait difficilement. Chaque minute nous paraissait une heure. Mais, à la fin, on servait des gâteaux au miel pour se souhaiter une bonne année en douceur. Et puis, on rentrait vite à la maison, la première arrivée faisait réchauffer toutes les spécialités qui nous attendaient, on enfournait la moitié de la casserole dans sa bouche. Ce fut pareil du temps de mes filles, on jeûnait tous et puis on se goinfrait. Nous pratiquions toutes les fêtes, chacune avec ses rites et sa personnalité. Apparemment, ça ne suffit pas pour insuffler une identité. Lili me dit que ma judéité est tellement intense et confidentielle que je l'ai gardée dans un coffre-fort, sans éprouver le besoin de la partager.

Malgré tout, mes filles l'ont, cette identité, mais sans sa profondeur ni sa richesse.

EXIL 6

Infiltrée chez les garçons

Intégrer un lycée public, après de douces et féminines années au sein de mon école juive, ne fut pas un bannissement dans un autre pays mais un voyage sur une autre planète. Si l'exil implique d'aller d'un point A, confortable, familier et compréhensible, à un point B où les pratiques sont tordues et déconcertantes, le monde masculin était l'horreur. Plus que leurs ballons, leurs muscles et leurs moqueries, c'était l'effet que les garçons produisaient sur moi qui me gênait. Je couinais devant eux, je me battais pour être désirée, populaire, aimée par eux. Et c'était mission impossible.

Avant, les garçons n'existaient pas, c'était un territoire hostile, étranger, inconnu.

Dans ma yeshiva, j'avais beau avoir treize-quatorze ans, je ne pensais pas aux garçons. On était très proches les unes des autres, entre filles de ma classe, et on s'entendait bien. Il n'y en avait même pas une que je pouvais détester. C'était des petites classes, on était soudées. Mes copines étaient toutes authentiquement religieuses et respectaient strictement l'interdiction d'être mauvaise langue. Je les trouvais angéliques, alors que chez nous, avec mes sœurs et ma mère, être mauvaise langue était notre sport préféré.

Elles étaient vêtues de jupes jusqu'à mi-mollet et de manches longues, de chemisiers boutonnés à les étrangler. Même si je leur enviais leur foi, je disais ce que je pensais des fausses promesses des prières et du traitement des « femelles ». Elles ne semblaient pas m'en vouloir pour mes opinions et mon absence de pratique, mais elles auraient voulu me « convertir ». J'aimais le judaïsme et les juifs, et j'étais heureuse d'en faire partie, mais il ne fallait pas trop pousser.

On passait devant les garçons, on les observait de l'autre côté de la cantine et j'étais étrangement indifférente. Les filles me comblaient. On était invitées à des bar-mitzvah, l'occasion de porter autre chose que nos vêtements de classe (même d'oser un peu de timide rouge à lèvres) et de se gaver dans des buffets sans fin. On dansait entre filles.

Mes copines savaient qu'elles allaient subir un jour le mariage. Pour moi, le mariage était un rêve de bonheur, flottant dans le brouillard du mot « amour ». Je ne savais pas ce que c'était mais c'était ma véritable divinité. Invisible lui aussi et pourtant presque palpable.

Quoi que je puisse imaginer comme cible de mon amour à cette époque, je peux garantir que ce n'était pas Jacques, car il s'est révélé au-delà de mes attentes et tellement hors normes. Je me suis mariée avec un extraterrestre.

J'ai commencé à découvrir ces phallocrates de garçons au lycée, quand j'ai essayé d'entrer dans le jazz-band, traditionnellement mâle. Ils m'ont barré la route, puis ils ont fini par accepter l'inacceptable contrebassiste femelle puisqu'il n'y avait pas d'autre candidat, mais pas à bras ouverts. J'ai obtenu l'amère victoire d'y entrer grâce à mon aptitude musicale et non grâce à mon genre, à leurs yeux inapproprié. J'ai longuement écrit sur cet épisode: *La première fois que j'ai eu seize ans* (devenu un film de Lorraine Levy). Les garçons étaient méchants et hargneux envers ma féminité louche. J'étais quand même amoureuse du tromboniste Ken Foley, qui me détestait autant que ses camarades. Je passais à vélo dix fois par jour devant chez lui dans l'espoir qu'il sorte. Il est un jour apparu devant sa maison et j'ai vite rebroussé chemin ! En tant que rédactrice en chef du journal du lycée, j'avais quelques garçons qui travaillaient pour moi. Mais quand il fallait avoir un *date* pour le *prom*, cet éternel bal de fin d'année, ma mère recrutait un vague fils d'une vague amie pour vaguement danser avec moi.

Le Graal sacré était d'avoir un *date*, un rencard, sortir avec un gars, ne serait-ce que pour boire un chaste milk-shake. La pression était énorme. C'était ça la réussite sociale, le triomphe, plus grand qu'un carnet scolaire parfait, que de passer avec succès l'audition pour le rôle vedette dans la comédie musicale annuelle du lycée, ou que d'entrer à l'orchestre symphonique junior de l'État du New Jersey.

Et puis un jour l'autre sexe s'est matérialisé, en la personne de Howard Ellis. Il mesurait à peu près deux mètres. Grâce à l'intervention de ma mère, qui connaissait sa mère, elles ont trafiqué un *date*, une invitation à un bal du lycée. Il remplissait tous les critères : il était juif, intelligent, sérieux, gentil (je ne voyais pas encore l'importance d'être drôle). Mes conseillères de sœurs m'ont relookée pour l'événement. On a dansé toute la soirée et j'en suis tombée amoureuse. La réciproque ne fut pas vraie. Je savais maintenant que le but de ma vie était d'être amoureuse. Mais pas forcément tout de suite. C'était un projet à long terme, pour un futur lointain.

À défaut de candidat réel à l'amour, je les inventais dans mon lit le soir. Mes doigts migraient vers la fente sensible et j'ai appris à me faire plaisir sans l'aide d'un complice superflu. N'est-ce pas curieux comme les doigts savent sans avoir appris ? Mais c'était un travail de forcenée d'imaginer des situations, des rencontres idéales, des attouchements insolites, des caresses torrides, une tendresse passionnée, des bras et des jambes emmêlés, deux peaux qui se frottent pour faire monter le feu. Je n'osais même pas me représenter le principal acteur de l'action : cet organe mâle que je n'avais jamais vu. À l'époque, les films ne montraient pas de scènes de nudité. Ils ne montraient que le combat, l'accélération de la respiration, une espèce de course haletante. Ça ne donnait pas envie. Mes parents ne donnaient pas de repères en matière de vie sexuelle. Mes sœurs parlaient davantage de séduction, de piéger une victime, d'attirance éventuelle, mais jamais de « la chose ». Le sexe était le plus vague des secrets abstraits. Un mystère qu'on ne voulait pas vraiment percer.

Alors, si le rêve d'amour persistait, pourquoi le sexe ne nous faisait-il pas une peur monstrueuse, ce drame de membres noués comme des racines tropicales, ce combat de corps perdu d'avance. Cet acte mystérieux, dangereux, qui menait tout droit à cette institution devant laquelle, une fois par semaine, ma mère nous faisait passer en voiture en disant : « Les filles, voici où vous irez si un garçon vous touche. » C'était la maison pour filles-mères.

Pourtant, on arborait toutes les farces et attrapes de la pêche au pierrot : des soutiens-gorge profonds, de quoi faire plonger le témoin dans un ravin sans fond, des porte-jarretelles soutenant des bas noirs, un maquillage de vampire, pas encore de mini-jupes mais des vêtements aussi moulants que l'époque le permettait. Tout était sexy mais rien n'était sexe. On feuilletait (sans les acheter !) les magazines féminins, et leurs conseils pour happer un homme et être *happy* le reste de nos jours. On collectionnait des stratégies pour mener des campagnes quasi militaires et partir à la chasse aux zigotos avec des appâts et des leurres capables de remplir nos filets.

On ne désirait rien de plus que cette chimère indéfinie qui alliait amour et sexe, on avait surtout l'envie de se conformer à l'image du bonheur ultime : un homme et une femme qui produiraient deux ou trois enfants, un couple, une famille, une maison. Alors, pourquoi faisait-on tout pour empêcher cet idéal bidon ? C'est-à-dire manger ! Permettre aux kilos de s'installer signifiait la mort de l'espérance. S'empiffrer de hot-dogs et de frites éloignerait le mirage du parfait amour. Mes sœurs manquaient autant de volonté et de détermination que moi. Effie disait que c'était une bataille perdue d'avance :

« Laisse tomber. » Sandra ne disait ni bonjour ni au revoir, elle lançait sa devise : « *Skinny is everything !* » (« Être mince, y a que ça de vrai ! ») Et nous persistions à nous gaver dans le dos de notre mère et dans notre propre dos.

Miss America n'était pas grosse, les mariées dans leurs robes blanches de princesses étaient sveltes, les vedettes étaient minces, les pom-pom girls étaient menues. Le regard de ma mère, lui, était massacrant. Mais mes sœurs et moi étions esclaves de nos pulsions, et ces pulsions n'étaient pas sexuelles, elles étaient gustatives. Ma belle-mère criait aux bébés « Pas à la bouche ! » et pour nous c'était « Tout à la bouche ! » (comme des bébés). On se gavait de notre impuissance.

Comment pouvais-je me saboter ainsi ? Excellente élève au prix d'une discipline sans faille, un dévouement à la cause, une ambition d'être non seulement bonne mais la meilleure, pourquoi m'était-il impossible de garder la bouche fermée ? J'étais capable d'investir dans une amitié fidèle, d'accomplir des prouesses dans les associations caritatives (*girl scout cookies !*), d'aimer mère et père, pourquoi étais-je incapable de leur donner la satisfaction d'une fille taille 40 ?

Encore aujourd'hui, dans les comptes rendus que font les élèves, lorsque j'interviens dans leur classe, la première phrase est toujours une variante du « Elle est sympa, mais elle est grosse ». Pourquoi ce « mais » ?

C'est ma meilleure amie, Brooke, déjà fiancée avec un futur avocat, qui m'a branchée sur la bibliothèque de la faculté de droit, où on était toujours les seules filles dans ce lieu masculin austère. Il fallait que j'aille y étudier. Étudier quoi ?

Je l'ai vu partir vers la sortie. J'ai couru pour le rattraper dans l'ascenseur. Il m'a dit : « Tu as de beaux yeux. » (J'aurais aimé qu'il me dise que j'avais un beau corps !) On a échangé nos noms. Arthur Frakt. Dire qu'il était beau est une litote. Un grand dégingandé, le beau prince des contes de fées, des yeux étincelants et immédiatement drôle. Futur avocat.

Il habitait Nutley, moi Belleville, on était voisins. Il a proposé de me ramener à la maison. J'avais encore un cours mais je l'ai suivi. À quoi ça sert l'université, après tout ? J'étais prête à passer mon déguisement de Miss Charme. Mais dès qu'il a démarré, il s'est mis à chanter tout un répertoire de folksongs. J'ai chanté avec lui pendant tout le trajet. Il a pris mon numéro. Dans les semaines qui ont suivi, il est venu me chercher chez moi, et tout le long de la route vers la plage il chantait encore. La plage – New Jersey Shore – était loin. Il était en dernière année, cet Arthur Frakt, et je ne pouvais pas imaginer mieux au monde en matière de conversation et de charme. On a encore chanté en marchant sur la plage. À ses côtés, cette vie en chanson était délirante.

Puis ses parents sont partis en voyage et il m'a invitée à jouer au ping-pong chez lui. Il a gagné. Ensuite, je n'ai pas été consentante pour l'activité urgente, pressante, violente qu'il me proposait. Il était trop avide de sexe, ce que je n'étais pas prête à fournir, pourtant je nous voyais faisant un beau couple de mariés. Gentleman, il n'a pas trop insisté. Il m'a gentiment raccompagnée à la maison.

On a cependant continué de se voir. C'était un grand copain du fiancé de mon amie Brooke. On sortait tous ensemble. Je ne regrettais pas d'être allée à cette université, Rutgers Newark. J'avais des cours enthousiasmants et gagné le suprême trésor : un jules !

Quand je suis partie étudier à Jérusalem, je lui ai écrit plusieurs fois, sans réponse. Et je pense encore à lui. Un jour, j'ai eu l'idée de le chercher sur Facebook. Je me suis présentée et nous avons eu quelques échanges, moi veuve, lui marié, puis il est mort, après une vie familiale et professionnelle bien remplie.

Quand on m'a offert une bourse pour étudier à l'université de Jérusalem, j'ai d'abord suivi un cours accéléré d'hébreu pour Américains, l'Ulpan, et je faisais mes devoirs avec Stephen Popper. Intellectuels à l'extrême, on s'amusait bien avec la grammaire hébraïque, qui, pour lui, était un jeu d'enfant. On travaillait soit dans ma chambre à la cité universitaire, soit dans la sienne, et parfois allongés ensemble dans le lit. Il devint le héros (bien qu'acnéique) de mes fantasmes nocturnes, mais il ne m'a jamais touchée.

Et puis j'ai vu Jacques.

EXIL 7

Être intello

Si la plupart des élèves se ruaient aux matchs de foot, je trouvais mon divertissement dans les livres. Quand la conversation tournait autour des programmes à la télé, j'étais occupée à rédiger des articles et des nouvelles. Les autres se fondaient dans la foule, et moi je restais solitaire, plongée dans mes pensées. Ce n'est pas aisé d'être différente, de concevoir la vie d'une façon radicalement opposée à celle de la majorité. *Pirkei Avot*, le traité de la Loi juive que j'étudiais, disait : « Ne te sépare pas de la communauté. » Il disait aussi : « Si je ne suis pas pour moi, qui sera pour moi ? Et si je ne suis que pour moi, que suis-je donc ? Et si ce n'est pas maintenant, alors quand ? »

Après l'équivalent du collège, mes parents refusèrent que j'étudie dans un lycée juif, parce qu'il m'aurait fallu partir chaque jour à l'aube pour deux heures de transport jusqu'à New York. J'étais déçue, mais je comprenais leurs objections. Alors je suis entrée à quatorze ans dans un lycée public, Belleville High School. C'était une sorte de Club Med. Il y avait des douzaines de clubs : Future Teachers of America, Future Dentists of America, Future ceci et cela. On pouvait faire le tour des métiers. Et aussi un orchestre classique et un de jazz, un vrai théâtre où un prof montait des pièces et des comédies musicales, des bals toutes les semaines, du sport à gogo. Mais je ne me suis jamais sentie intégrée. On n'était qu'une poignée de juifs.

Le pire exil, c'était Noël. À Belleville, il y avait le concours des meilleures décorations. Des crèches grandeur nature, des arbres couverts de lampes de toutes les couleurs, le bon Père Noël omniprésent, des haut-parleurs diffusant des chants un peu partout. C'était féerique, mais notre maison était le seul trou noir dans la rue. Je crevais d'envie de fêter Noël (c'est encore le cas aujourd'hui). Je désirais ardemment le sapin, les boules, un Papa Noël, des chaussettes qui pendent, pleines de cadeaux, et j'adorais les chants de Noël. J'étais dans le *glee club* du lycée, la chorale. On chantait dans les maisons de retraite, les hôpitaux, les gares et la rue. Coupables de chanter «*Jesus our savior is born*»! Ma mère m'a donné une façon de m'en sortir: chanter «*Lala* LEUR sauveur est né». J'étais jalouse de l'excitation environnante. Quelques amies charitables m'invitaient à décorer leur arbre, à fabriquer des bougies et des gâteaux, à participer à l'ambiance de fête.

Il n'y avait pas de club Future Wedded Women of America (Futures femmes mariées) – à vrai dire, le seul futur que j'envisageais était d'attraper un petit bonhomme et de faire des gros bébés dans une vaste maison entourée de gazon et d'arbres. Je n'ai pas réussi à devenir pom-pom girl alors que c'était mon plus grand rêve. Il n'y avait pas de pom-pom girls grosses. À défaut, je me faisais des bleus partout à tenter de rattraper le bâton de majorette aussi bien que Judy Underwood, une amie, membre de ma synagogue, qui prouvait que même les juives pouvaient être athlétiques, minces et belles. Ma mère a compris : « Laisse tomber ! » C'était le cas de le dire. On allait au lycée avec entrain, même si certains professeurs étaient un peu détraqués. Mr Wilcox nous accueillait sur le seuil de son labo de chimie et, d'une façon ou d'une autre, parvenait à ses fins : se frotter à nos poitrines... Mrs Hall radotait, Dr Peck était bizarre.

Quand je fus nommée à la National Honor Society, qui sélectionnait des élèves du secondaire sur leurs qualités académiques (les notes) mais aussi pour leur contribution à la vie du lycée et à la communauté, leurs initiatives et leur caractère (honnêteté, fiabilité, générosité), un grand Noir du lycée, Butler Brewton, beau et sportif, m'a demandé avec hargne : « Pourquoi vous, les juifs, êtes si intelligents ? » J'ai essayé de nous défendre en protestant qu'on pouvait aussi être stupides.

Une autre fois, il m'a attaquée dans les couloirs du lycée avec la même question : « Pourquoi vous autres, les juifs, êtes tous intelligents ? » C'était une accusation grave, digne d'un pogrom. Au lieu de nous défendre en cherchant tous les cancres juifs disponibles, à commencer par mes sœurs, je lui expliquai qu'en 70 de notre ère, après la destruction du deuxième temple de Jérusalem, les juifs avaient été exilés à Babylone, puis à Bagdad, avant de s'installer en Espagne. Avant, c'était les grands prêtres qui possédaient le savoir mais, à partir de ce moment-là, il fut de la responsabilité de chaque homme de s'initier à l'étude de la Torah, donc d'apprendre à lire et à écrire. « C'était un développement révolutionnaire, dans un monde où la majorité des habitants étaient illettrés, car chacun devait se prendre en charge lui-même. Peut-être à cause de cette prise en charge individuelle, il y a eu un certain épanouissement. » Je ne sais pas si ma défense a amélioré mon cas.

Butler a manifesté quelques signes d'impatience mais j'ai continué, méthodique dans ma volonté de nous innocenter. Je lui donnais un cours d'histoire juive dont il ne voulait pas. Il m'a arrêtée :

— Tu peux me le dire en une phrase ?

J'ai pensé à Shammai et Hillel, des sages qui ont fondé deux tendances (opposées) de pensée. Un idolâtre alla demander à Shammai de lui expliquer toute la Torah pendant qu'il se tenait sur une seule jambe, et Shammai l'envoya promener. Il posa la même question à Hillel, qui lui répondit simplement : « Aime ton prochain comme toi-même. » C'était au dernier siècle avant notre ère. Évidemment, je préfère la réponse de Hillel. Je doutais cependant de parvenir à transformer Butler Brewton en judéophile grâce à ce raccourci radical :

— Si tu veux, tu peux poser des questions !

— Quelles questions ?

— Tout ce que tu ne comprends pas.

Butler s'est gratté la tête. On aurait dit qu'il avait peur de moi en particulier, peur des juifs en général.

D'autres questions ? Il m'avait posé *sa* question. Il n'était pas prêt à en poser une autre pour être de nouveau mon captif. Il en avait eu plus qu'il en voulait !

Comme l'école primaire, comme la yeshiva, le lycée m'a ouvert grand ses bras et j'y suis entrée avec zèle. En sport, j'étais nulle, je n'avais aucune souplesse, et aucune envie de m'améliorer, il fallait s'avouer vaincue. Après les années passées à l'école juive, j'étais tellement en avance sur le programme que je pouvais me reposer sur mes lauriers. Mais certains profs me passionnaient et je continuais à concourir pour la première place. Il y avait cette pulsion de faire le mieux possible. C'est à cette époque que mon amie Carol Jacobsen m'a recrutée pour le journal du lycée. Elle en était, à sa dernière année de lycée, la rédactrice en chef. Ce journal était quasiment professionnel. Sa parution était toujours un événement. À chaque nouveau numéro, les élèves faisaient la queue pour se le procurer. Un gros succès. On n'avait pas Facebook !

Quand Carol est partie à l'université, j'ai été élue rédactrice en chef à sa place, un poste de pouvoir auprès des élèves comme des profs et de l'administration. J'avais une dispense de cours pour composer le journal : j'écrivais des éditoriaux pleins d'idéalisme sur le monde et notre lycée. Nous étions très attachés à sa réputation, son fonctionnement, son prestige. C'était comme un petit patriotisme local. Pour mon journal, je faisais le suprême sacrifice d'aller aux matchs de foot et je criais jusqu'à en perdre la voix. Mais je ne rédigeais pas de reportages sportifs, d'autres journalistes s'en chargeaient.

Il était normal que je devienne la rédactrice en chef du *Spotlight*. Les idées me venaient par centaines. J'y consacrais plus de temps qu'à mes devoirs. Quels devoirs ?

J'ai ouvert le journal à tous les élèves, en lançant des concours de nouvelles, de poèmes, une boîte à suggestions. Chaque semaine il y avait l'interview d'un prof ou d'un élève méritant. (Je regrette de ne pas avoir eu l'idée de donner une tribune aux cancres.) Des critiques de livres et de films. On couvrait aussi les événements du lycée et de notre ville. C'était un travail passionnant. Je guettais la sortie du journal, amoureuse de mon nom imprimé pratiquement sur chaque page.

C'était une revanche sur l'École numéro 5, où les autres élèves se moquaient de moi quand je lisais mes poèmes. Ils se révoltaient quand la maîtresse s'extasiait, attendant la récréation pour m'appeler « Susie Shakespeare ». Et j'étais tellement idiote que je prenais ça pour une insulte !

Je n'étais pas seulement étiquetée intello à l'école, aux accents de « Vous, les juifs... », je l'étais aussi à la maison, où c'était considéré comme une tare par mes sœurs, bien sûr sans antisémitisme en arrière-fond. Je n'ai jamais su être autrement que ce que je suis, même si je ne sais pas exactement ce que c'est ! Si j'aimais être juive, j'aurais préféré être sportive, populaire et « normale ».

Je lisais et relisais le *Journal* d'Anne Frank. J'avalais tout ce que je pouvais trouver sur la Shoah, à laquelle j'avais échappé. J'étais Anne, cachée dans l'annexe. Sur la photo de couverture, elle me ressemblait comme une jumelle. Elle est sans doute morte à quelques jours de ma naissance, en mars 1945, peut-être le jour même ? Elle m'a accompagnée toute ma vie, elle vit sur ma table de chevet. J'aurais tellement aimé être aussi tragique, participer à l'histoire dramatique de mon peuple, mais à la place, ma mère jouait du piano, on chantait des comédies musicales et on dansait.

Maman me disait tout le temps : « Ne réfléchis pas tant ! » Alors je culpabilisais quand je faisais tourner les engrenages de mon cerveau. Mes sœurs se moquaient de moi, gentiment, parce qu'au fond elles étaient fières de mes notes et de mes réussites. Et j'étais fière de leur folie.

Si les lycées américains ne savaient pas enseigner la géographie, la philosophie ou les langues, ils savaient fédérer les élèves. On aimait notre lycée comme on aime son pays. Les joueurs de foot étaient nos héros nationaux, notre équipe notre fierté. Tous les matins, on commençait par l'*assembly*, le rassemblement dans l'auditorium, et chaque lycée, chaque école, en était équipé. Belleville était peuplée à quatre-vingt-dix pour cent d'une première génération d'immigrés italiens – c'est peut-être la raison pour laquelle il y avait tant de talents vocaux.

On pouvait ainsi démarrer notre journée de dur labeur par une chanson de Frankie Valli (des Jersey Boys), qui par la suite devint une vedette avec les Four Seasons.

Chantez avec moi :

I love you, baby
And if it's quite all right
I need you, baby
To warm these lonely nights
I love you, baby
Trust in me when I say
I love you, baby

Pas mal, si tôt le matin !

Connie Francis, étoile montante, chantait « Who's Sorry Now ? » et « Stupid Cupid ». Le lycée était tellement bourré de vedettes qu'il n'y avait pas assez de matins pour caser tout le monde. Personne ne rechignait à partager la scène. On applaudissait à l'unanimité.

Tout près vivaient Bruce Springsteen, Whitney Houston, Frank Sinatra, Paul Simon et tant d'autres. Le New Jersey était une terre fertile en chanteurs.

On avait aussi un gouvernement d'élèves, et des élections palpitantes. Mais surtout, les professeurs devaient, en plus de leurs cours, chapeauter une activité, un club, le journal, le théâtre, l'orchestre, le chœur. La journée ne se finissait pas une fois les cours terminés. C'était un engagement, un sacerdoce et même une joie. Ce n'était pas qu'un travail alimentaire, c'était tout un esprit d'équipe. Est-ce que j'idéalise ? Il me semble qu'on y allait tous avec cet esprit. À Halloween, c'était un défilé de déguisements, à Noël le lycée était notre église, à la Saint-Valentin notre nid d'amour.

Pendant la pause de midi, on migrait tous vers le gymnase, où on dansait au rythme des chansons pop. L'école restait ouverte le soir, pour les répétitions et les associations. Vie académique, vie sociale et vie tout court se mêlaient harmonieusement. Dr Peck (qui n'était pas médecin) avait de grandes ambitions pour le *glee club*, la chorale dont je faisais partie, nous exportant dans les lieux publics, heureux troubadours répandant la musique et le bonheur, à la façon des *flash mobs* actuels. Tout cela était simplement dans les mœurs. C'est pourquoi, quand récemment un ami de ma fille Aliyah venu dîner chez elle lors d'un de mes passages à Paris m'a parlé de la réforme du lycée français qu'il élaborait, je lui ai dit : « Tu ne réussiras jamais. » « Pourquoi ? » « Parce que vous êtes français, vous ne regardez pas ailleurs, parce qu'on ne peut pas se refaire, parce qu'on ne peut pas s'éloigner du connu, parce que les syndicats, parce que trop de résistance et pas assez d'amour et parce que "Plus ça change, plus ça reste pareil" est un dicton français. » On ne peut pas recréer les années cinquante en Amérique.

J'étais la référence de ma prof d'histoire complètement tarée, Mrs Hall, qui ne regardait que moi, Susie Hoch, et après chaque phrase me fixait en demandant «*Right*, Hoch?» («N'est-ce pas, Hoch?») On l'entendait à travers tout le lycée. «*Right*, Hoch?» est devenu une façon de dire «Okay», «D'accord», «À tout à l'heure».

Normalement, on pouvait être nommé à la National Honor Society en dernière année du lycée, mais j'ai été honorée une année plus tôt. J'ai couru à la maison annoncer cette nouvelle phénoménale. Personne n'a réagi à la hauteur de ce prestigieux événement. Mes sœurs furent quand même impressionnées, mon père m'a dit sans détourner son regard de la télé et de son jeu de cartes: «*That's nice, honey.*» Ma mère aurait préféré que je lui annonce avoir décroché un *date* avec un bon garçon juif. Ils n'avaient aucune idée de qui j'étais. Qui?

Encore aujourd'hui, ma sœur que je chéris pardessus tout me demande «Qu'est-ce que tu vas faire aujourd'hui?» tout en sachant la réponse. «*Oh you're just going to sit there...*», autrement dit «Tu vas rester bêtement assise à ne rien faire ». Elle ne comprend pas l'élan, la passion, l'enthousiasme, l'excitation, l'autostimulation, souvent la torture et la fatigue accablante à la fin de la journée d'écriture. Son art à elle, c'est la vie ! Elle programme des petits déjeuners et des déjeuners pour toute la semaine. Il lui faut de l'action, pas mon type d'action immobile.

Ma mère me disait souvent « Je suis fière de toi », et je le prenais très mal. Il n'y a pas de quoi être fière d'avoir un livre publié, seulement du contenu du livre, de la persévérance, de la patience et l'impatience, de certaines trouvailles et tournures, des révélations à soi-même et éventuellement de l'effet que ça peut avoir sur des lecteurs. La reconnaissance, aussi. Ma famille est venue à la cérémonie de remise de ma Légion d'honneur, en 2016, et ma sœur a envoyé à tous ses amis la première page du journal *Le Monde* où je figurais en photo dans toute ma splendeur. 2020 a été une année maudite, moyenâgeuse, avec cette peste et ce choléra en forme de virus, l'économie effondrée, les vies brisées, le confinement, mais moi j'avais une page entière dans *Le Monde*, quatre pages dans *Télérama* et deux pages dans *Nice-Matin*. Et alors ?

À la fin du lycée, une cérémonie (*graduation*) a clôturé ces quatre années de vie. Ça se passait au stade. On louait des tuniques bleues et des chapeaux plats à frange. On écoutait des discours enflammés et pleins d'inspiration (encore moi !), en présence de nos parents rayonnants. On défilait un à un, montant sur scène quand notre nom était fièrement prononcé. Avoir le diplôme n'était pas une question d'aptitude ni d'intelligence, car TOUT le monde réussissait, mais cette cérémonie, cette pompe étaient là pour marquer l'événement et la mémoire. Une grande occasion, une fête, un parcours, un souvenir à conserver toute une vie.

Lors de retrouvailles de ma promotion, quarante-cinq ans après, chacun des anciens élèves est venu vers moi, cherchant un qualificatif, et tous ont fini par dire : « Oh, Susie, tu étais tellement… originale. » C'est quand même un but, dans la vie !

EXIL 8

Être sioniste

C'est seulement quand je suis arrivée en France que « sioniste » est devenu un gros mot. Dans mon enfance et ma jeunesse, c'était une fierté. Je suis née sioniste et puis je suis devenue membre des organisations de jeunesse sionistes. Je suis donc passée du soleil idéaliste au nuage malfamé. Je n'avais jamais auparavant lié le sionisme à l'oppression et ça m'a blessée. Des guerres, des massacres, de la violence partout autour du monde et il me semblait que seul le petit Israël prenait les claques des médias. Dans mon milieu, aux États-Unis, c'était bien vu, et puis ce fut très mal vu dans mon pays d'immigration.

J'avais été acceptée dans des universités prestigieuses, mais mes parents n'en voyaient pas l'utilité. Nous étions trop « riches » pour que j'obtienne une bourse et trop pauvres pour payer les tarifs exorbitants d'inscription. Ma mère m'a raisonnée en disant que je pouvais continuer à écrire, garder mes petits boulots et vivre à la maison en allant à Rutgers, l'université d'État du New Jersey, pratiquement gratuite pour les résidents. Le seul campus digne de ce nom, à New Brunswick, était trop loin de chez nous, mais elle avait en tête la branche de Newark, aménagée dans d'anciens garages et des bâtiments de bureaux, un décor urbain hideux, entre grands magasins et autoroutes. Entre deux cours, j'allais déambuler dans un grand magasin ou boire un verre avec des amis dans un *coffee-shop*.

Yosef Yerushalmi, qui est devenu un historien juif célèbre, avait accepté un premier poste à l'université

Rutgers, à Newark, parce que c'était tout près de New York. Quelle chance pour moi ! Après, il est parti pour Harvard et a fini sa carrière à Columbia. Je suivais, en transe, chaque cours qu'il donnait. Il parlait comme un acteur shakespearien et racontait l'Histoire ancienne comme si c'était les derniers potins. Il nous lisait le grand poète hébraïque Chaïm Nahman Bialik et je m'évanouissais. C'est lui qui m'a encouragée à faire une année d'études à l'université hébraïque de Jérusalem. Durant mes deux années avec lui (enfin, pas exactement avec lui !), j'ai fantasmé qu'il me harcelait dans son bureau, lequel était perché sous les combles de ce campus biscornu. Je lui apportais là-haut ces pâtisseries industrielles qu'il affectionnait tant. Dommage qu'il ait aimé les gâteaux plus qu'il ne m'aimait moi.

J'avais presque oublié de faire ma demande de bourse pour une année à l'université de Jérusalem. Quand on me l'a accordée, je fus bouleversée, moitié sautant de joie et moitié m'accrochant à mon Rutgers ainsi qu'à mon *boyfriend*, Arthur Frakt.

Puisque ça n'allait rien coûter à mes parents, il n'y eut aucune résistance. J'ai promis d'écrire tous les jours à Arthur, ce que j'ai fait pendant le premier mois, sans réponse. Mais j'étais dans un autre monde et mon cœur n'était pas brisé. J'avais troqué un bonhomme pour Jérusalem, la ville dorée. J'étais bien entourée, immergée dans l'Ulpan, le cours accéléré d'hébreu, avant de pouvoir suivre le programme à l'université. J'étais aux anges. Chaque mot hébreu résonnait en moi comme un chœur d'anges. Oh là là, j'étais en Israël, le rêve éveillé de chaque sioniste. Ce nom faisait battre mon cœur à un rythme diabolique.

Dans les Psaumes (137:5), on lit : « Si je t'oublie, Jérusalem, que ma main droite se dessèche ! Que ma langue s'attache à mon palais, si je ne me souviens de toi, si je ne fais de Jérusalem le principal sujet de ma joie ! » Cette ville mythique et réelle était (est) tellement enracinée dans mon cœur qu'il n'y a pas un jour sans que j'y pense. J'étais prête à embrasser chaque pierre de cette ville poétique. Plus tard je suis devenue une Tel-Avivienne, puisque toute ma famille vit désormais dans la région de Tel-Aviv, la ville qui ne dort jamais !

Normalement, mon installation à Jérusalem devait être un retour à la maison, le contraire d'un exil. Quitter la *galut* (la diaspora) pour « revenir » en Israël, c'était rentrer chez moi. Cette année-là, mes pieds ne frôlaient plus le sol, tant le bonheur de réaliser ce projet plusieurs fois millénaire donne des ailes. Je planais entre ciel et terre, comme dans un rêve éveillé.

Et c'était la première fois que je découvrais un vrai campus car, à Rutgers Newark, on traversait un grand magasin pour arriver à un parking au bout duquel il y avait un garage converti en salles de classe. Que Newark soit la ville la plus moche des États-Unis n'aidait pas beaucoup !

Les premiers mois en Israël, le dépaysement fut surtout géographique, géologique et climatique, car je vivais avec les étudiants américains de mon groupe (American Friends of Hebrew University).

Je parlais anglais, je mangeais à la cafeteria avec mes Amerloques. C'était comme une colonie de vacances, il y avait des excursions pour découvrir le pays, des soirées concert, des danses folkloriques, des conférences. On était tous illuminés par la même flamme, la même ferveur sioniste.

Campus magnifique, bâtiments à l'architecture ultramoderne, amphis et salles de classe climatisés et confortables. Nourriture moyen-orientale abondante et savoureuse. Des chambres à deux à la cité U. Je partageai la mienne d'abord avec mon amie (qui est toujours mon amie) Andrea Doria, rebaptisée « Simona ». Nous n'étions pas du même niveau d'hébreu (je l'avais déjà beaucoup étudié), donc dans des cours différents le jour et réunies le soir pour critiquer (déchiqueter !) tous les autres étudiants. J'étais avec Simona, tôt, en cette matinée torride d'été, quand j'ai repéré le Jacques de ma vie au restau U, lors de notre copieux petit déjeuner.

À la fin de l'Ulpan, on nous a attribué des colocataires israéliens. J'ai tiré une perle, Ella Feldman, étudiante en histoire et philosophie, une ultra-orthodoxe qui n'a pas essayé de me convertir, même si elle se lançait avec moi dans de longues discussions philosophiques. Elle était la première fille de son village de Kfar Chabad à avoir eu l'accord du grand rabbin de sa communauté loubavitch, le *rav* Schneerson de Brooklyn, pour s'inscrire à l'université. C'était une fille d'une intelligence, d'une sensibilité et d'une sagesse rares. On s'entendait à merveille, toutes les deux travailleuses – elle n'avait pas le droit d'échouer ! On lui avait accordé une seule année d'études. Elle savait ce qui l'attendait : un *shidduch* (un mariage arrangé) et des grossesses en série. Elle allait aux cours et puis elle étudiait dans notre chambre, alors que je papillonnais d'une chambre à l'autre, assistais à des conférences réservées à notre groupe, à des dîners, des concerts, des spectacles.

J'aimais aussi aller à la découverte de la ville, déambuler, me perdre pour être sauvée par un autochtone. Ça ne manquait jamais : ces sauveurs m'invitaient chez eux pour un repas de shabbat, souvent avec l'intention de me présenter à untel ou untel. Les Israéliens sont des marieurs.

Le Premier ministre était alors Levi Eshkol, le président Zalman Shazar et le chef de l'armée Yitzhak Rabin. Il y avait des tensions (n'y a-t-il jamais eu de période sans ?) mais je me sentais en sécurité dans ma bulle, entourée par la bienveillance des habitants et la camaraderie des étudiants, soutenue aussi par des cours stimulants.

J'adorais les cours, du moins ce que j'ai pu en comprendre. Je m'asseyais toujours à côté d'un Israélien (j'ai dit « un ») pour l'agacer par mes demandes d'explication. Je prenais des notes et dérangeais Ella pour compléter mes lacunes.

Puis j'ai rencontré Jacques, sur le campus, et trois jours après il avait disparu.

J'ai attendu toute une année la lettre qu'il m'avait promise, en virevoltant. Simona avait un amoureux roumain sérieux, Eugen, et j'avais fait la connaissance de son meilleur ami, Sergiu. Les deux Roumains nous ont encouragées à visiter leur pays au cours de nos vacances de printemps. On n'avait pas d'argent mais on s'est lancées avec juste un petit sac pour deux.

À Bucarest, j'ai rencontré Jimmy Cornell, qui s'appelait alors Dragos Cismasiu, devenu un ami pour la vie. Pour les marins, Jimmy Cornell, navigateur au long cours célèbre, est un livre en soi. Actuellement, Jimmy, quatre-vingt-un ans, a fait construire un bateau complètement électrique et se lance dans un voyage autour du monde en suivant la route historique de la première circumnavigation de Fernand de Magellan et Juan Sebastián Elcano, qui a débuté en 1519. Magellan fut tué dans les Philippines et Elcano a achevé le voyage en 1522. Pour le 500ᵉ anniversaire de ce voyage, Jimmy a baptisé cette course le « Elcano Challenge ». El-Ca-No pour Electricity, Carbone, No ! Une fois, dans un avion entre Paris et Nice, j'ai discuté avec un homme en route pour un grand rassemblement de voiliers à Monaco. Il ne pouvait croire que je connaisse personnellement son idole. C'est comme si je lui avais dit que j'avais rencontré Dieu. En plus d'être beau, intelligent, drôle, Jimmy nous a fait visiter la Roumanie. Nous étions suivies et, après notre départ, il a été interrogé par la police secrète.

À notre retour, en mai, une lettre de Jacques m'invitait à Paris avant de rentrer aux États-Unis. Grandes négociations sans fin avec ma mère pour arracher son accord.

Cette magnifique année passée à Jérusalem m'avait ajouté une dizaine de kilos et avait fait gonfler mon popotin. J'ai envoyé une photo de Jacques et de moi devant Notre-Dame de Paris à ma mère, qui a répondu en me demandant si j'étais enceinte. En voilà encore un, ce Jacques, à qui j'aurais aimé offrir une femme élégante et élancée.

J'avais quelques mois pour travailler la question, et surtout essayer de convaincre ma mère de me laisser faire ce voyage. Jacques m'a inscrite dans un cours de français car ma mère pouvait accepter des prétextes éducatifs, cours que je n'ai pas du tout fréquenté. Toute l'année, le souvenir de Jacques m'avait poursuivie, il était mon buisson ardent et, quand il m'a écrit, ce fut comme si Dieu m'appelait auprès de lui, Dieu me parlait[1].

Cette année cruciale allait donc finir. Disons que ce que j'ai découvert, c'est qu'aller en Israël n'était pas un retour mais effectivement un exil. J'étais une juive américaine du mouvement *conservative*, appelé « Massorti » en dehors des États-Unis, un courant du judaïsme qui s'adapte et évolue tout en conservant un cadre traditionnel (il n'existait pas encore en Israël). Moins contraignant que le judaïsme orthodoxe, son culte était populaire. Hommes et femmes pouvaient prier ensemble. Cette liberté de conscience et d'expression a soudé mon appartenance. Mon identité

---

1. En fait c'était beaucoup plus compliqué que ça, mais je l'ai raconté dans *Premier amour, dernier amour*. Résumer cet exil en quelques pages, résumer chacun des exils sans les zigzags et les amitiés, les amours, le contenu des cours, les émotions, les excursions, les descriptions est un raccourci inexcusable. Pardonnez-moi !

de *galutnik*, j'y tenais. Une portion de cette identité consistait à aimer Israël… de loin, avec soupirs, désir et aspirations… de loin ! Idéaliser la Terre sainte était plus facile que d'y vivre.

Après notre mariage, alors que nous étions sur le point de quitter les États-Unis, Jacques a voulu s'installer (faire son alyah) en Israël. Dans un kibboutz, une communauté, qui correspondait au socialisme de Jacques. J'ai protesté en disant que je voulais comprendre d'où il venait, apprendre sa langue et sa culture, vivre un temps en France. « Un temps » est devenu une vie. Jacques a trimballé sa frustration à travers les années.

Quand, des dizaines d'années plus tard, j'ai appris qu'il y avait une résidence d'auteur à l'Institut français de Jérusalem, j'ai élaboré un projet qu'il m'aurait plu de réaliser : « Jérusalem, 50 ans après ». En outre, c'était le seul moyen pour moi de séjourner à Jérusalem-Est, Ramallah, Gaza, non accessibles pour moi, juive, si je n'étais pas encadrée. J'ai envoyé quelques-uns de mes cent cinquante livres et un épais dossier. Ils m'ont répondu par la lettre la moins diplomatique de ma vie : « Nous avons préféré un candidat plus jeune. »

Sniff !

Exilée et bannie par mon âge !

EXIL 9

Être amoureuse

L'amour, ce jardin d'Eden, ce lieu de délices, le but de chaque vie... un exil ? Oui. Indépendante, on devient dépendante, accro, intoxiquée, plus jamais autonome, plus jamais la même. La tête, le corps envahis, occupés, exilés. Otage, esclave, même si l'euphorie s'en mêle.

Une fois, j'ai demandé à ma grand-mère : « Comment sait-on qu'on a trouvé celui qui nous est destiné ? » Elle m'a répondu par : « Tu le verras ! Tu sauras ! »

Ce fut sans appel, aussi définitif et simple que ça. C'était lui ! Je l'ai vu, je n'ai vu personne d'autre que lui, il prenait son petit déjeuner, solitaire à une table de l'autre côté du *mensa*, la cafeteria universitaire de Jérusalem. J'ai fait un sprint, mon amie Simona suivant à contrecœur. Qu'il le voulût ou pas, je suis entrée avec fracas dans sa vie, par un « *Shalom !* » tonitruant. Ma rencontre avec Jacques est mon moment mythique. Regard noir, épais cheveux noirs couronnés d'une minuscule kippa, barbu, mal habillé dans une parka à carreaux bleus. Il est resté assis, étonné par mon incursion intempestive, plus ou moins consentant, et parlant une langue dont je ne connaissais pas un traître mot. Le problème est apparu avec ce « *Shalom !* » retentissant : Jacques ne parlait pas l'anglais (ou mal), je ne savais pas le moindre mot de français. On était bons pour un film muet.

Après, je n'ai plus jamais été la même, ce qui est certainement une bonne chose.

Jacques est le sujet majeur de ma vie, la source de mon émigration/immigration. Il était grand et beau comme un roi sumérien. (Étaient-ils grands et beaux? Je n'ai jamais vu de roi sumérien en vrai, à part Jacques.) J'aimais croire que l'important, c'est l'intelligence, et effectivement, il avait aussi cet atout, mais je ne pouvais le savoir au premier coup d'œil. Je suis allée écouter sa conférence, il était pour trois jours en congrès à Jérusalem, dans le cadre d'un colloque sur la logique, la philosophie et les mathématiques de la science, car il était mathématicien – ou pour ainsi dire un Martien. Bien qu'il ait fait sa présentation en anglais, je n'en ai pas compris un mot. Ça n'avait pas d'importance. Il brillait et il brûlait mon cœur. Est-ce qu'on peut comprendre un autre être humain ? Est-ce qu'on peut même se comprendre soi-même ?? Est-ce qu'on peut comprendre les mathématiques ??? Il était français, ce qui était un peu plus prestigieux pour moi que d'être... albanais, et moins glorieux que d'être italien. Il n'est resté à Jérusalem que les trois jours de son colloque.

Si j'avais eu son adresse, je lui aurais écrit tous les jours, pour planter mon existence dans la sienne. Il a simplement disparu du paysage, mais pas de ma tête, me promettant une lettre.

Pourquoi mes yeux ont-ils atterri sur lui ? Simona me le demande encore. Est-ce que nous sommes des marionnettes manipulées par un dieu invisible ? Ou est-ce que c'est lui, en fin de compte, qui m'a envoûtée par son magnétisme puissant ? C'était un ovni, il était tellement étrange et étranger à tout ce dont j'avais pu rêver. Il y avait des garçons sympathiques et intelligents dans mon groupe d'Américains. Je faisais mes devoirs d'hébreu avec l'un d'eux, Steven, comme moi étudiant au niveau le plus avancé. Il m'avait éblouie par ses capacités intellectuelles. Mais, dès le moment où la présence de Jacques sur Terre me fut révélée, je n'ai pu regarder Steven ni qui que ce soit d'autre.

Jacques ne marchait pas sur cette terre, il planait comme s'il était l'un de ces prophètes antiques, un jeune Jérémie ou Isaïe, ou même Jésus. Je l'ai toujours vu comme un Juste ou un saint rebelle. Il était un superhéros imaginaire. Irréel. J'attendais qu'il s'envole. Sa voix mélodieuse chantait en français, mais pour moi il récitait le Cantique des cantiques. De ce qu'il disait je ne comprenais rien, mais c'était Dieu sur le mont Sinaï. Ses mots entraient directement dans mon cœur, sans passer par le cerveau.

Je me serais dénudée et couchée à ses pieds sans la bénédiction d'un rabbin, sans *chuppa* (le dais nuptial), ni *ketubah* (le contrat nuptial). Mais il ne m'a pas touchée. Il est parti après son congrès, sans laisser d'adresse, et j'étais convaincue qu'il n'était qu'un mirage.

C'est étonnant de considérer que tomber amoureuse est un exil. Peut-être parce qu'il faut partager son être, jusque-là exclusivement à soi, avec un autre. C'est tout sauf confortable. Mais je ne le savais pas.

Je ne savais pas grand-chose ! Je rêvais depuis toujours de tomber amoureuse... et puis ça s'est fait, on était casés. Mon vocabulaire sur l'amour et sur le couple sortait d'écrans *made in Hollywood* et des romans de Jane Austen. Personne ne m'avait dit quel travail d'entretien il fallait accomplir pour huiler les rouages d'un couple. On ne m'avait pas parlé des compromis nécessaires, de l'abnégation, de l'arrosage, du labourage, du désherbage pour planter et faire foisonner l'arbre Amour.

Je n'avais rien pu apprendre de ma mère, qui vivait sa vie, jouissait surtout de sa maternité. Mon père n'était que très vaguement dans les parages, plutôt absent que présent, comme une sorte de couverture pour ma mère. Qui pouvait être ce qu'elle était, puisqu'elle avait ce qu'il fallait selon les normes de l'époque. Elle n'avait pas vendu son âme à Meyer Hoch, son mari, juste son état civil. Elle lui faisait la cuisine (si on peut dire !), lavait et repassait son linge, et occasionnellement le laissait entrer dans son domaine intime avec distance émotionnelle et sans plaisir. Elle n'attendait rien de l'organe de mon père, à part des bébés. Elle le trouvait gentil, adéquat, correct, honnête et scrupuleux. Il ne lui demandait rien, c'était un homme rare qui la laissait faire strictement ce qu'elle voulait. Lui aussi était détaché, se réfugiant dans les cartes et les cigarettes. Ils ne se plaignaient pas l'un de l'autre (à part au sujet des cigarettes !). Ils étaient mariés irrévocablement, on était une famille. Que demander de plus ? L'amour romantique célébré dans les poèmes était loin.

Notre vie, leur vie, qui n'était pas vraiment une vie de couple, n'avait pas l'air difficile. Ma mère faisait le repassage en chantant, les courses au trot, bâclait la cuisine en un clin d'œil.

Le seul conseil qu'elle m'ait donné quand je me suis mariée, ce fut «*Don't have to look into his eyes*» («Tu n'as pas besoin de sonder son âme»). Elle a dû voir, savoir que Jacques était un dépressif chronique. Dommage que je n'aie pas suivi sa recommandation. Je pense qu'elle avait compris les complexités et les profondeurs de cet homme. Elle aurait aimé pour moi plus de légèreté. Il venait de cette Europe tragique, des refuges et des cachettes, l'ombre d'Auschwitz au-dessus de lui (son père y avait été déporté). Ma mère l'aimait bien, il était tellement impressionnant, mais il n'était pas l'homme rêvé pour sa fille chérie et choyée !

Jacques ne voulait pas se marier, il voulait qu'on vive ensemble un temps, pour tâter le terrain. Sauf qu'il n'était pas question à l'époque de me laisser partir en France sans être mariée. Jacques a dû faire lui aussi des compromis.

Je n'imaginais pas les difficultés que j'allais rencontrer en quittant ma famille, mon pays et ma langue pour les remplacer par ce seul être tourmenté. J'étais complètement inconsciente. Je me considérais comme la plus chanceuse des femmes. S'il y a une chose que je sais et dont je suis certaine, c'est que je l'aimais avec toute la force de ce mot indéfinissable. Dès notre départ en France et même avant, j'ai fait ce que ma mère me déconseillait : j'ai sondé son âme, et j'ai vu sa désapprobation à chacun de mes souffles, je n'arrivais pas au sous-sol de ses espérances. Il me plaît de penser que vingt-sept ans après sa mort, il me trouverait quelques qualités. (Je sais au moins faire la cuisine, maintenant !) Mais en 1966, le projet qu'il avait entrepris, ma reconstruction, exigeait une dureté à toute épreuve.

J'avais vingt et un ans. J'étais enceinte. Et tout ce que je demandais de la vie, c'était sa bénédiction. Oui, il était mon grand prêtre, ou mon petit dieu. Il était splendide et magnifique, et le mot « intelligence » ne s'appliquait pas à lui tant il était hors normes. J'idolâtrais son passé tragique, qui était comme une auréole pour moi, j'adorais sa douleur, car seuls les Justes authentiques peuvent souffrir. Mon seul but dans la vie était de recueillir son approbation. Si je faisais un plat de lentilles ou une purée de pommes de terre, je tremblais à chaque bouchée qu'il avalait. Il ne m'a jamais dit que mes tentatives étaient bonnes. Son plus haut compliment : « C'est mangeable. »

Je ne me rendais même pas compte des efforts que je faisais. Il aimait prendre le petit déjeuner seul, moi en compagnie de quelqu'un. J'attendais qu'il finisse pour prendre place seule à la table. Ce n'était pas le martyre. La récompense était qu'on m'appelait « Madame Jacques », et j'en étais fière, moi LA féministe !

Jusqu'à la fin de sa jeune vie, je m'essoufflai à être sa diva… sans succès, et je le referais en connaissance de cause.

Quand mon amie psy m'a dit, après avoir lu mon livre *Jacques a dit* : « Tu étais une femme moralement battue », j'ai été en état de choc.

Nos disputes se déclenchaient surtout autour de SES filles et de l'école. L'école en France était pour moi un vaste désastre. Tellement différente de mon expérience américaine, pédagogique et divertissante. Je râlais tout le temps contre l'école française qui, comme la langue française, n'avait pas de mot pour *fun*. Je me lamentais de leurs devoirs sans fin après des journées interminables. Je râlais contre les professeurs qui ne connaissaient pas l'importance des éloges et de l'encouragement. Je portais moi-même les cartables des filles, à défaut d'âne. Jacques avait toujours le dernier mot : « Tu ne peux pas comprendre. » C'était vrai d'ailleurs.

On ne se disputait pas au sujet de l'argent. Je ne dépensais rien en dehors de la nourriture, et de la femme de ménage qu'il avait engagée dès la première semaine de notre installation, quand il eut remarqué mes lacunes (gouffres ?). Je pense que je n'ai jamais lavé le sol ou passé l'aspirateur de ma vie. Je suis une princesse ! On n'avait ni l'un ni l'autre de désirs matériels, d'objets à posséder. Je nous meublais avec des cageots d'oranges, avant de découvrir le hangar de l'Abbé Pierre.

Comment expliquer à mon amie psy, qui me considérait comme « battue », que j'étais tout simplement amoureuse ? Et peut-être ce que j'appelle un exil – être amoureuse – est un bel exil. Je me suis livrée, j'étais consentante, aimer c'est capituler. Jacques était une gloire, ma gloire. En pleine journée, j'allais me cacher derrière la porte de la salle où il faisait cours, à l'université, pour entendre sa voix. Je guettais son retour en haut de l'escalier, impatiente comme une petite fille qui attend son anniversaire.

Il était distant, jamais un geste d'affection. Mais, au lit, il était tout proche, dans une intimité totale, physique et spirituelle. Et c'était la récompense.

EXIL 10

Être mère

Renoncer à une vie désinvolte : ne plus être chez soi dans ce corps devenu une montgolfière, être deux alors qu'on n'était qu'une, avoir la responsabilité d'un nouvel être humain, impuissant. Et aussi sommeil dérangé, otites, angines, diarrhées, coliques, cris, pleurs, inquiétude permanente, culpabilité. Mais il y a des compensations aussi, des sourires, des joies.

Je le savais, plus rien ne serait jamais pareil. La maternité crée un lien comme nul autre. Nuit et jour et à chaque seconde, j'étais consciente de la présence de mon bébé Lili, née aux États-Unis pour être transplantée en France, de mon devoir, de mes cafardages. Ainsi a débuté la plus grande aventure de ma vie. J'avais vingt-deux ans en 1967.

Jacques anticipait sur la vie du bébé quand il fit imprimer ces faire-part : « *Aliyah Esther Morgenstern est née/is born.* » Oui, *a star was born*. Il y avait quelque chose de biblique, un rêve hollywoodien dans le destin de cet être qui pesait trois kilos. *Aliyah* veut dire « ascension » et Esther est une étoile. Esther était le prénom de ma grand-mère et celui d'une tante de Jacques déportée. C'était aussi la reine mythique qui s'était sacrifiée pour son peuple. La grand-mère paternelle du bébé avait joué ce rôle dans sa jeunesse, dans la pièce de Racine.

Sans que le bébé (surnommé « Lili ») le demande, nous lui avons fait traverser l'Atlantique sur un bateau d'étudiants. Il n'y avait rien à manger, à part les petits pots pour bébé que ma mère nous avait forcés à emporter dans ce pays sous-développé où nous allions habiter. C'est moi qui les mangeais, pour pouvoir allaiter.

J'ai lu la « bible » des mamans de l'époque, écrite par le Dr Benjamin Spock, qui disait qu'il fallait donner le sein toutes les quatre heures, pas moins. On ne nous apprend pas à être mère et je n'arrivais pas à suivre ces conseils cruels. Dès que je suis arrivée en France avec Lili, âgée de deux mois, j'ai écouté toutes les sorcières expérimentées : la tante de Jacques, Rachel, disait qu'il fallait promener son bébé tous les jours, alors je la sortais dans l'énorme landau Cadillac que ma mère m'avait offert avant mon départ. Tous les jours, nous partions à la découverte de Nice, pour finir sur la promenade des Anglais. Je signalais tout ce que je voyais au bébé gisant dans ce monstre de landau comme un naufragé perdu en mer. Je lui montrais les mouettes, les frises sur les immeubles Belle Époque, les galets sur la plage, et cette Méditerranée qui me devenait indispensable. Elle, dans son navire, m'accompagnait partout. Quand j'ai commencé à prendre des cours à la fac, je la déposais chez ma belle-mère, prenais mon vélo, revenais pour la récupérer, laissais le vélo et reprenais le tank.

Je me sentais heureuse et chanceuse d'avoir le bébé ainsi que le père du bébé. Est-ce que vraiment je les avais ? On essuie les plâtres avec le premier enfant. Avec Mayah, née quatre années après, je fus plus confiante, plus à l'aise, détendue, apte à donner l'amour sans tension.

Je ne sais plus qui m'avait dit : « Tu as fabriqué ta meilleure amie ! » De fait, Bébé Lili était ma seule amie, dans ce pays étranger quelque peu hostile qu'était pour moi la France, au début. Elle m'a accompagnée partout, témoin de toutes mes humiliations, comme ce jour où une employée de la Poste a aboyé « *Pour acquit !* » alors que je n'avais pas fait précéder ma signature sur mon chèque de ces mots que je ne comprenais pas. J'ai pris la fuite de la Poste en jurant de ne plus jamais y remettre les pieds. Lili ne savait pas pourquoi j'avais éclaté en sanglots, mais elle compatissait. Il n'y a pas que les bébés qui pleurent.

Elle était sage, qu'est-ce que j'aurais fait si elle ne l'avait pas été ? Quand Isaac Bashevis Singer, l'écrivain yiddish prix Nobel de littérature et héros de ma thèse, est arrivé à Nice en 1970 pour un salon du livre, je suis allée le voir à l'hôtel Negresco. Sachant qu'il était végétarien, je l'ai invité à manger chez nous. Il a gardé Lili sur ses genoux pendant tout le repas.

Quand j'allais la chercher à la maternelle, elle ressemblait à une petite vieille qui attend la visite de son fils le dimanche. Apathique et blême, tenant dans sa main une minuscule feuille de papier sur laquelle elle avait fait un dessin pitoyable.

À la fin de son année de CP, j'ai demandé à la maîtresse si elle s'exprimait bien en français, puisque nous ne parlions que l'anglais à la maison. L'institutrice m'a fixée en disant : « Je ne sais pas, je ne l'ai jamais entendue parler. » Je ne tenais pas l'Éducation nationale en haute estime ! À vrai dire, je n'y comprenais rien, mais il y avait Jacques pour l'accompagner dans sa scolarité.

Il faisait des maths avec elle. Des cris perçaient la maison. Je tremblais. Pour moi, il n'y avait rien au monde d'aussi inutile. (Quand je peinais sur un problème d'algèbre, ma mère me disait : « Laisse tomber ! On n'est pas douées pour ça. ») Sa sœur, Mayah, renchérissait : « Plutôt crever que de demander de l'aide à Papa ! » Mais Lili, elle, persévérait – et puis toute la classe téléphonait à tour de rôle pour obtenir la solution de son père.

Pour la mode, je ne lui ai pas offert de modèle. J'étais vraiment habillée n'importe comment, presque tout le temps en jeans. Je crois qu'elle n'en a jamais porté. Au lycée, déjà, elle avait inventé son style. Elle enfilait tous les jours mon ennemi personnel : un collant. Et une robe. Elle était impeccable. J'ai servi… de contre-exemple.

Je ne savais pas ce qui se passait dans son lycée. Quand je lui posais une question terriblement indiscrète, du genre « Comment ça s'est passé, ta journée ? », elle me répondait gentiment « Ce ne sont pas tes oignons ! » Je lui ai proposé un duel de mots, qui est devenu notre livre à quatre mains, *Terminale ! Tout le monde descend*, pour lequel nous avons gagné le grand prix de feu le ministère des feus Droits de la femme.

Après un concours de flûte particulièrement dramatique, elle a déclaré « Je ne vais plus jamais toucher à cette flûte ! » et j'ai répondu « Tant que tu seras sous mon toit, tu joueras de la flûte ! ». Une mère poule pas trop cool. Une mère imprésario.

La semaine de son bac, j'ai pris un coup de vieux.

Moi, je n'avais pas passé le bac ! Ma pouliche allait concourir non pas localement, mais nationalement. Elle avait toujours été une grande lectrice et une travailleuse – première de la classe, des bonnes notes, mais je n'avais aucune preuve assermentée de son intelligence. Après que les résultats ont été affichés, elle est rentrée en pleurant, s'est enfermée dans sa chambre pour sangloter en stéréophonie. Elle avait eu le bac, que demander de plus ? Elle voulait plus. (Elle a eu 4 sur 20 en philo !) Ce qui ne l'a pas empêchée de faire une prépa en lettres et l'École normale supérieure : en tant que mère immigrée, j'étais fière. Jacques a pleuré de joie.

Je suis allée la chercher quand elle a passé l'agrégation à Paris, au lycée Claude-Monet. Je l'ai entendue tout de suite quand elle est descendue de l'étage. Elle hurlait ses larmes. Ça a duré toute une journée. Elle était douée pour pleurer. Et elle a eu l'agrég.

Elle a rencontré son mari, Philippe, à Harvard. On n'était pas contents de son choix. Je l'admire tant pour s'être battue pour son amour, qui est devenu le mien aussi.

Yona est née. Et Noam après. Être mère avait été ma plus fabuleuse aventure. Être grand-mère est devenu la récompense de toutes les peines. Je n'ai jamais connu d'enfants aussi performants, adorables et brillants, dit la grand-mère, qui est après tout... une grand-mère.

Lili est très occupée. Elle m'écrit des mails en me promettant de téléphoner... demain. Le lendemain, elle m'écrit : « Oh maman, je n'ai pas eu le temps mais peut-être dans deux jours après telle réunion ou tel colloque ou tel séminaire. » Ses compétences engendrent des demandes du monde entier. Comme sa mère, elle a du mal à dire non. Elle a une énorme capacité de travail, si on totalise les heures qu'elle passe, entre ses thésards, les cours, les conférences, sa propre recherche. Je lui dis souvent que c'est de l'esclavage.

Mais quand je suis tombée malade, Lili a pris le temps. Elle est venue tous les week-ends et les vacances pour s'occuper de moi. Et quel confort c'était de l'avoir avec moi à l'hôpital et à la maison.

Elle ne pourrait pas écrire l'éloge de la paresse. Elle ne sait pas ce que c'est. Elle est capable de travailler toute la journée, rentrer et faire à manger pour douze personnes (et puis retourner au travail).

Jacques n'est pas là pour voir ce que sa star est devenue. Il était déjà convaincu. Comme moi !

Si je suis tombée enceinte la première fois par surprise (par hasard ?) et par ignorance, et parce que notre vieux médecin de famille m'avait interdit de prendre la pilule contraceptive, la seconde fois ce fut en pleine conscience. Pendant la grossesse, je travaillais sur ma thèse de doctorat en littérature comparée. Quelques semaines avant le terme, mon père est mort. Je ne pouvais pas aller à l'enterrement. J'inondais de mes larmes les feuilles de papier en tapant sur ma machine Hermès Baby.

J'ai rendu mon travail lourd de sanglots à Jean Onimus, mon directeur de thèse, juste avant d'aller accoucher. J'ai attendu le retour de Jacques d'une réunion syndicale pour me faire conduire à la clinique Santa Maria, boulevard du Tzarewitch, en face de l'église russe. Chaque fois que je passe devant, je pense à Jacques, qui m'a déposée avec une petite valise avant de repartir en trombe, comme s'il avait dévalisé une banque, pour ne pas laisser Lili seule, qui dormait à la maison. Il était minuit et j'ai sonné timidement à la porte d'entrée pendant une demi-heure avant qu'un employé furieux ne m'ouvre. Le but de ma visite se voyait !

Je suis restée sur une table métallique, seule au monde avec ma douleur pendant des heures. « C'est comme ça en France », me suis-je dit, fataliste. La salle s'est animée à l'aube et j'ai poussé, sans l'aide de la péridurale (que j'avais eue en Amérique pour Lili) ni encouragements. La naissance de Mayah (qui n'avait pas encore de nom) fut une gigantesque et inoubliable vague orgasmique.

Quand Mayah est née, mon beau-père l'a regardée et a déclaré : « Elle sera comme Golda Meir. » Lorsqu'une fille naissait, en Europe de l'Est, on priait qu'elle soit comme les héroïnes bibliques, Ruth et Esther. Golda Meir était Première ministre du jeune État d'Israël, et c'était une femme ! forte ! intelligente ! Que demander de plus pour cette nouvelle vie de fille ? On l'a nommée Mayah pour Meyer, en souvenir de mon père, qui venait de mourir. Jacques a conçu ce prénom, Mayah, de l'hébreu « *Ma Yah* » (« Qu'est-ce que Dieu ? »). Il a ajouté Querida, « chérie », tiré de ses racines judéo-espagnoles.

Si la France était nulle pour l'accouchement, elle était géniale pour les magnifiques vacances qui s'en suivaient : dix jours de clinique comme en hôtel de luxe, logée, nourrie, au lit, avec ce bébé délice dans un berceau transparent qu'on enlevait la nuit pour m'assurer un sommeil réparateur. Des visites, des cadeaux, la fête. Je n'en ai jamais eu de meilleures.

Ça a pris fin brutalement, car dix jours vont quand même vite, et puis tout le poids de ce que je m'étais fait m'est tombé dessus comme une massue. Deux enfants, c'était six fois plus qu'un. J'avais l'impression de jongler entre l'une qui pleurait et l'autre qui boudait, de devenir folle, de ne pas savoir faire, de ne pas être à la hauteur. Mon raisonnement habituel, « Si les autres l'ont fait depuis le début des temps, je peux le faire aussi », ne semblait plus marcher. Surtout, ma voisine, de la secte des hassidim de Loubavitch, en avait quatorze ! La course devait finir avant l'arrivée de Jacques, il fallait pour sa tranquillité que les enfants soient récurées et au lit.

Toute période de changement, tout exil, exige une adaptation. En grande sage, je dis aux jeunes parents que s'ils ont des enfants en bonne santé, il n'y a pas de quoi se plaindre. Mais en fait, il y a bien de quoi se plaindre ! Car c'est dur, après n'avoir vécu que pour soi-même, de n'exister que pour eux. L'inquiétude ne m'a plus quittée ne serait-ce qu'une seconde, jusqu'au moment où, en un déclic, j'ai décidé de leur faire confiance (cinquante ans après !). J'ai toujours pensé que cesser de m'affoler les pousserait vers le néant. Dans ma tête tourmentée, seule mon inquiétude les préservait. Oui, j'ai mis cinquante ans pour avoir ce déclic.

Mayah était un chou à la crème, souriant, rigolant, digérant, mangeant tout ce qui se présentait, dormant sans protestation, s'entendant bien avec sa sœur. Le dimanche, elle prenait ma main et ouvrait la porte pour aller à la crèche, qui était fermée. Elle s'adaptait bien, où qu'elle soit. On les amenait aux dîners chez les collègues, les couchant sur le lit de nos hôtes.

Nos filles ont inventé le mot « sage ». Je n'ai pas l'impression qu'il fallait de la répression, elles sont nées comme ça. Si Lili pouvait avoir des crises de larmes, Mayah était toujours de bonne humeur, sauf quand elle avait honte de moi, tellement différente des autres mères. Quand j'allais la chercher à la sortie de l'école, elle m'interdisait de parler avant d'être à bonne distance, pour que personne n'entende mon accent ou ne sache qu'elle parlait anglais avec moi. Entre nous, sans témoins, elle a toujours été si communicative que nos conversations, et ses comptes rendus de ses journées au collège, m'ont inspiré mon best-seller *La Sixième*. Je pensais qu'elle était bien adaptée et bienheureuse. Elle me dit maintenant que j'étais aveugle, qu'elle faisait semblant pour me protéger. Mais Lili, qui est devenue psycholinguiste, affirme que j'étais bien une mère « suffisamment bonne », selon la formule du pédiatre et psychanalyste Donald Winnicott.

Sait-on jamais ? Je ne sais pas si j'ai bien fait, la maternité n'est pas une science exacte, elle est pavée de gaffes, de paroles lâchées sans réfléchir, d'ambition démesurée, de lacunes en psychologie, de paresse aussi. Les reproches sont souvent justifiés.

Quand les enfants, même grands, étaient couchés, ma vraie fausse vie commençait : j'écrivais.

Je sais seulement que ces deux filles, qui ont fait de moi une mère, sont le plus grand cadeau de ma vie. Il y a eu de mauvais moments, mais je ne vois que l'exaltation, la certitude d'être née pour cette mission-suicide, qu'il n'y a pas de travail plus important. J'aurais dû moins travailler, me détendre davantage, essayer de comprendre, avoir moins de convictions, de principes, me taire plus, les écouter plus. J'aurais dû, j'aurais pu ! Et si j'avais su...

Est-ce que le but de la vie n'est pas de collectionner les regrets ?

EXIL 11

Être immigrée

Née d'une famille immigrée depuis des générations, j'étais préparée à un tel destin. À Jaffa, il y a un arbre flottant dans un pot de terre tenu par des fils invisibles, un oranger ambulant qui n'arrive pas à se poser, comme un juif errant.

En quittant l'Amérique pour la France, je partais vers le grand inconnu. Ma mère pensait que la France était un pays du tiers (ou quart !) monde et ne voyait pas du tout l'utilité de traverser l'Océan pour s'éloigner de tout ce que j'aimais. Mes sœurs éplorées, mes parents, quelques tantes nous conduisirent au bateau, le moyen de transport le moins cher pour nous, avec nos neuf malles. Je sentais mon cœur s'arracher de ma poitrine. Par contre, c'était une libération pour Jacques, qui n'aimait pas le New Jersey et avait ressenti l'intrusion de ma famille comme une exclusion de sa personne. N'empêche qu'il les aimait, et eux, ils l'aimaient, lui.

La traversée fut trop éprouvante pour me noyer dans la nostalgie, deux semaines de famine et de mal de mer. Je ne savais pas si bébé Lili allait survivre. Les petits pots donnés par ma mère nous ont donc nourris tant bien que mal. Nous avons débarqué au Havre et tout me semblait cauchemardesque. Mais on n'avait plus faim, Lili allait mieux, et je pouvais me laisser aller au luxe du mal du pays et répéter silencieusement « Je veux ma maman ». Tout était irréel. Ce n'était pas la vraie vie, une sorte de purgatoire, de flottement avant d'arriver sur la terre ferme. Arrivés à Nice, il y eut deux mois de canapé-lit dans l'appartement surpeuplé et minuscule de mes beaux-parents avant de trouver un nid à nous.

Mon premier contact avec la France n'a pas été décevant parce que je ne m'attendais à rien, ou plutôt je ne savais pas à quoi m'attendre. J'étais aussi ignorante de la langue que de l'histoire et de la littérature. Une halte d'une semaine à Paris m'a fait découvrir une belle ville, mais moi, ce qui m'importe, ce sont les gens. Or, ils me regardaient bizarrement. Pour moi, ils étaient incompréhensibles et cinglés. Je connaissais trois mots : « bonjour », « merci » et « allez-vous-en » que j'utilisais pour « au revoir ». Chaque jour j'en découvrais de nouveaux. « Fou » était mon mot chéri : « Il est fou », « Les Français sont fous à la tête », « C'est fou », « Tout est fou ». Je continuais à parler anglais avec bébé Lili et avec Jacques.

En France, il n'y avait pas de *bagels*, pas de *chocolate chip cookies*, et pire, il fallait attendre six mois pour avoir le téléphone. Ma mère, qui s'angoissait à l'idée que je vive dans un pays du tiers monde, avait raison. On n'avait donc pas de voiture, pas de téléphone, mais ce qui la gênait le plus, c'est qu'on n'ait pas la télévision. (Ni à l'époque, ni jamais par la suite.) Tout me manquait, et surtout ma famille. Tout ça pour Jacques ! Je lui en voulais. Mais je ne regrettais rien.

J'écrivais trois fois par semaine à ma famille américaine, sur des aérogrammes qui se pliaient comme des avions en papier. J'écrivais petit et serré pour ne pas gaspiller un millimètre carré. J'attendais le facteur comme le Messie. Une journée sans courrier de mes sœurs ou de ma mère était une sorte de petite mort. Ma mère répondait religieusement. Elle m'appelait son « enfant de papier ». Mais, malgré le lien indéfectible, mes yeux s'ouvrirent enfin et je compris qu'elle n'avait pas toujours raison. Elle s'agrippait à son pouvoir et j'étais trop bête pour dire non, agir selon mes propres désirs. Pour ma mère, mettre un bébé de sept mois à la crèche était criminel et il fallait être une malade mentale pour faire le marché tous les jours. Mais même si je l'avais emportée dans ma poche, même si elle me dictait ses choix à chaque tournant, même si ses valeurs tordues étaient fortement implantées en moi, le difficile sevrage opérait. C'était lent et presque imperceptible, mais je grandissais. J'essayais d'embrasser cette nouvelle façon de vivre car j'y voyais une certaine poésie.

J'étais aussi malheureuse qu'heureuse. Les gens me considéraient comme une débile mentale quand j'ouvrais la bouche. (Encore maintenant !) Au début, nous vivions à Nice chez mes beaux-parents, dans leur minuscule deux-pièces, rue Trachel, où l'on ouvrait un canapé-lit en skaï tous les soirs et le repliait tous les matins. Cet appartement et ses meubles avaient été saisis après la déportation de mon beau-père. Il s'était battu à son retour pour les récupérer, en les retrouvant à la salle des ventes. Ce fut le signe d'un retour à la vie. Bébé Lili n'exigeait pas plus de place que son couffin. Ma féroce belle-mère et moi n'avions aucun dialogue puisque nous n'avions aucune langue en commun. C'était plus facile avec mon beau-père, survivant d'Auschwitz, qui parlait le yiddish. Jacques partait à la fac toute la journée en me laissant dans l'obscurité de ce campement. N'empêche que j'étais occupée à découvrir Nice et mon bébé, qui était la seule langue en commun avec ma belle-mère : on s'extasiait ensemble sur les prouesses de Lili, et puis Jacques finissait par revenir, tous les soirs. Ma belle-mère faisait une cuisine judéo-turque exquise que je n'aimais pas parce que mon palais était aussi ignorant que ma culture gastronomique était nulle. Je n'aimais pas le vin, je n'aimais pas le fromage, je n'avais jamais mangé un légume de ma vie, à part les pommes de terre. Je connaissais les carottes grâce aux lapins et les épinards grâce à Popeye.

Rien ne ressemblait à ce dont j'avais l'habitude. J'avais vingt-deux ans, un bébé, pas de meubles à part un berceau bancal qu'on avait acheté chez un antiquaire, notre premier achat. L'appartement que nous trouva mon beau-père au premier étage d'une villa était vaste et lumineux, mais meublé de grosses horreurs des années trente, des canapés vert foncé avec de grands cercles concentriques, tellement bien rembourrés qu'ils paraissaient sur le point d'exploser. Ils me donnaient la nausée.

Chaque fois qu'on achetait quelque chose avec le petit salaire d'assistant à l'université de Jacques, on descendait une de ces monstruosités à la cave. Je n'avais aucun goût, je savais seulement ce que je détestais.

Je ne savais pas non plus faire la cuisine. On invitait des cobayes mathématiciens de la fac pour tester mes expériences culinaires abominables, mais cacher. Je voulais tellement prouver à Jacques qu'il n'avait pas commis l'erreur de sa vie que je m'efforçais de faire des prouesses... ratées. Je n'avais ni le savoir-faire ni la moindre imagination, moi qui m'étais gavée d'œufs durs pendant mon enfance. Même quand je suivais à la lettre la recette de l'un de mes nombreux livres de cuisine, c'était un cataclysme.

Je ne connaissais pas les noms des légumes, même pas en anglais. Je n'en avais jamais mangé sauf en petits cubes surgelés méconnaissables. J'étais tellement tendue, presque en larmes dans la cuisine, comme si ma vie en dépendait, que rien de bon ne pouvait en résulter. Jacques ne disait rien de blessant, il levait juste l'un de ses sourcils broussailleux.

N'empêche que Nice était belle, Lili était sage et je dormais à côté du grand amour de ma vie. Et j'étais optimiste : l'être humain est améliorable.

Quand il m'arrivait de constater que certaines choses étaient meilleures en France, c'était presque pire que de garder la conviction profondément enracinée que les États-Unis d'Amérique étaient le pays le plus grandiose au monde.

D'abord, partout où mes yeux se dirigeaient, en ville ou à la campagne, je ne voyais que beauté : l'architecture, les arbres, les plantes, les fleurs, les collines et les montagnes au loin, sans parler de la mer. Cette beauté aide réellement à vivre et elle inspire.

Quand j'arrivais à surmonter ma peur de l'inconnu, je finissais par apprécier les goûts nouveaux, et je me suis rendu compte que l'on mangeait mieux à Nice qu'à Newark. La femme américaine d'un collègue de Jacques m'a fait la liste de tout ce qui lui manquait : *muffins* et *bagels, chocolate chip cookies* et *brownies*. J'ai répondu : « Mais, Carol, ici il y a des baguettes et des croissants, des petits sablés et des gâteaux au chocolat. »

Dans mon somptueux pays natal, je n'avais jamais vu un médecin. Maintenant, il fallait amener bébé Lili chaque mois chez le pédiatre, le Dr Szepetowsky. Il me terrorisait. Et je crois que c'était réciproque. Une fois, Lili avait la diarrhée, je lui ai téléphoné et il m'a crié : « Tout de suite à l'hôpital ! » Même chose pour chaque petit problème car il me croyait incapable de suivre ses instructions. Ce qui était sans doute vrai !

Et puis Jacques m'a donc inscrite à la fac. En Amérique, mes sœurs, mes copines vivaient dans de grandes maisons et déjeunaient ensemble à midi dans le restaurant d'un centre commercial. Elles faisaient du shopping et achetaient sans modération.

Je n'étais pas jalouse, même si j'aurais aimé déjeuner avec elles. Moi, chaque jour, j'allais à l'université. C'était gratuit. Je ne m'attardais pas pour échanger avec les autres étudiants car bébé Lili m'attendait chez ma belle-mère.

Lorsque j'ai commencé ma thèse, on a inscrit Lili à la crèche L'Oiseau bleu. Les crèches étaient quasi inexistantes en Amérique, quand on était mère il fallait être riche pour pouvoir travailler. Le tarif de la crèche était établi selon nos salaires, qui étaient eux aussi quasi inexistants. Mes journées à la bibliothèque ne me coûtaient presque rien, et Lili sortait de son séjour quotidien dans cet institut de beauté qu'était L'Oiseau bleu lavée, repassée, coiffée, parfumée. Je la reconnaissais à peine.

Être exilée de ma langue fut le plus difficile. D'un coup j'étais muette. Les mots qui m'entouraient n'étaient que cacophonie et j'ai dû me battre, me concentrer pour que cela fasse sens. Je m'efforçais de comprendre ce que l'on me disait, dans ce bain affolant de mots. Quant à aller d'une culture à une autre, c'était l'enfer. Et je voyais la déception sur le visage de Jacques, d'avoir entrepris cette énorme tâche d'importer ce tas de nœuds inadapté au pays. Je m'en veux de ne pas avoir suivi des cours de français, de ne pas avoir consulté un orthophoniste pour me débarrasser de mon accent épouvantable, d'avoir passé outre ces petits riens comme la grammaire, la syntaxe et l'orthographe. Je tutoyais tout le monde, je faisais les pires gaffes politiquement incorrectes, je me trompais d'article, de verbe, de nom, de préposition, de voyelle et de consonne. La grammaire était pour moi une notion étrangère, même dans ma langue maternelle. Plus tard, quand mes étudiants me demandaient ce qu'était le prétérit de machin chose, je disais que je leur donnerais la réponse la semaine d'après (après consultation de mes enfants) et je me réfugiais dans mes romans anglais.

Enfant, on m'avait inculqué le « fait » que les États-Unis d'Amérique étaient le meilleur pays du monde. Ma grand-mère pleurait : « Nous sommes venus de là-bas (de l'Europe). Il ne faut pas y retourner.» On chantait «*God bless America, the land that I love*», «*This land is my land, this land is your land, from California to New York Island*» et «*Oh beautiful, for spacious skies, for amber waves of grain*». On avait le drapeau américain, on faisait un barbecue le 4 juillet pour la fête nationale, et ce jour-là on engloutissait un maximum de hot-dogs, de hamburgers, de coleslaw et de salade de pommes de terre, à la gloire de cette gastronomie. Si je doutais de l'existence de Dieu, je n'ai jamais douté de la grandeur de l'Amérique. Mes quatre grands-parents immigrés de Russie et de Pologne appelaient leur terre d'accueil la «*goldeneh medina*» («l'État en or»), et, même dans la pauvreté de leurs *sweatshops*, ces ateliers de couture aux conditions de travail exécrables, ils y croyaient. Bon, on a zigouillé John Kennedy, son frère Robert, le président Lincoln et John Lennon, mais cela ne concernait pas le Rêve américain. Alors que la France avait inventé la guillotine!

On finit par s'habituer. On finit par se débrouiller dans une autre langue. On finit même par embrasser une autre culture. Et on finit même par aimer son nouveau pays. J'aime la France à la folie !

Même si je me révoltais de temps en temps, amère d'avoir quitté « le meilleur pays du monde ». Ça aussi c'était décevant : apprendre que mes États-Unis d'Amérique n'étaient pas le meilleur pays du monde, comme on nous l'avait inculqué. La France commençait à me dévoiler ses avantages.

Mais quand ma mère venait, lors de longues périodes d'été (pour rentabiliser le billet d'avion), j'avais de sérieuses rechutes car je voyais ma vie à travers son regard dédaigneux. Sa fille, brillante lauréate aux diplômes prestigieux, vivait d'après elle dans une pauvreté extrême. Elle arrivait avec des sacs débordants de vêtements pour ses petites-filles récalcitrantes. (Mayah me montre des photos comme preuve de mes crimes en demandant : « Comment as-tu pu nous habiller avec ces froufrous et ces fanfreluches ? ») Elle répétait son offre de nous acheter la télé dont nous ne voulions pas. (À ses amis : « Ils sont tellement pauvres qu'ils n'ont pas de télévision ! ») Elle pleurait de me voir faire la cuisine (« Une jeune femme si prometteuse qui doit passer sa vie à éplucher des légumes ! ») Elle me signalait amplement les défauts de Jacques, pour qui j'avais sacrifié une vie « normale » (américaine) avec un médecin ou un avocat. Même un comptable aurait mieux convenu qu'un chercheur en mathématiques. Les portions dans les restaurants étaient microscopiques, la nourriture minable. L'eau était tiède et il n'y avait pas de glaçons. La crème glacée n'était pas assez froide. On n'avait pas la clim ! Pas de *bagels* ! Pas de *muffins* (à l'époque). Pendant son séjour, je passais mon temps à me justifier, à défendre notre façon de vivre, et Jacques. Heureusement que mes filles résistaient à cette inspection minutieuse avec un brin de succès. Ma mère avait appris le français dans son lycée de Brooklyn et elle conversait mieux que moi.

Quand elle partait, je pleurais et je détestais Jacques de m'avoir forcée à ce sevrage.

Jacques s'est occupé des choses administratives jusqu'à sa mort. En partant, il m'a laissé beaucoup de boulot, sans que j'aie aucune compétence, la moindre notion de rien. Je tourne autour d'un formulaire à remplir pendant trois jours d'angoisse. La déclaration d'impôts sur le revenu n'est pas aussi compliquée à remplir que la déclaration d'impôts américaine, pour laquelle il faut engager un comptable, même si on ne gagne rien. N'empêche que je n'en dors pas la nuit. Et que dire de l'URSSAF, qui me demande trois fois de remplir le même formulaire déjà envoyé dans une enveloppe timbrée ? Rédiger un chèque est presque au-delà de mes possibilités !

Jacques se chargeait aussi du rayon poisons : contre les fourmis, les souris, les rats, les cafards. Depuis, tout ce zoo d'insectes nuisibles fait la fête chez moi.

Je ne l'ai pas assez apprécié, ou trop.

Quand mon gendre Philippe vient à Nice, il passe une partie de ses vacances à ranger l'armoire dans laquelle je jette pêle-mêle les lettres des banques, de la Sécurité sociale et autres administrations. Je suis simplement une infirme, une inadaptée, une impuissante des lettres officielles, des demandes d'attestations, des démarches gouvernementales. Je conclus toutes mes lettres institutionnelles par des « bisous » (insincères). Je ne suis pas sûre que j'aurais été plus douée en Amérique.

Ma thèse a été catastrophique : attente pendant des semaines et des mois pour des livres au prêt inter-bibliothécaire, les derniers mois à tap-taper au lit avec mon gros ventre, la prise de conscience que la critique littéraire ne me plaisait pas, le tout bourré de fautes, d'anglicismes, de légers plagiats... Une pure galère ! Mais mes progrès linguistiques m'ont permis d'écrire ensuite mon premier livre en français. Jacques veillait sur ma version biscornue de cette langue. Je rôdais autour de lui pour mendier ses corrections. Cela aurait été plus facile d'écrire en anglais en toute autonomie. Mais j'étais en France ! Et la France était la source de mes histoires.

Ma grand-mère russe, après soixante-quinze ans aux États-Unis, parlait un anglais pratiquement incompréhensible. Et moi, après cinquante-trois ans en France, je n'ai qu'à dire « bonjour » pour recueillir des « bonnes vacances, Madame », comme si j'étais une vulgaire touriste. Il y a aussi des gens qui ont le culot de faire croire qu'ils ne comprennent pas ce qui sort de ma bouche en parfait français. Je les déteste ! Il y en a qui rient quand je dis que je suis française. Pourtant je suis française. Mais même la Légion d'honneur n'a pas aidé. Ni ma carte d'identité. On ne peut pas être française avec un accent. On ne peut pas s'intégrer dans ce pays en parlant le français comme une vache américaine. Est-ce que je veux vraiment m'intégrer ? Certains disent que je le fais exprès. « Tu fais ta Jane Birkin ! » J'ai beau avoir le Bescherelle à mon chevet, je n'arrive pas à conjuguer ces foutus verbes !

Quant à la littérature française, je n'ai jamais dépassé le milieu du XIXe siècle. Je me promets tous les jours de commencer à lire Victor Hugo. En histoire, je n'ai qu'une vague notion de la Révolution française, tellement violente que j'ai peur de m'y plonger. La langue, l'histoire, la littérature, la culture restent enveloppées dans le brouillard de ma paresse. Ou est-ce qu'il y a juste trop à étudier, à savoir, à lire, à connaître, à maîtriser ? Sans parler des mathématiques, puisque je vivais avec un mathématicien et que j'étais entourée de scientifiques. Je n'avais pas la moindre idée de ce que c'est.

J'étais donc une Française en mode gruyère, avec des trous qui prenaient plus de place que la masse du fromage. L'histoire d'une vie n'est-elle pas remplie de lacunes, d'ignorance, d'insuffisance, d'humiliation, de vide ?

Mon premier roman, *C'est pas juste*, a remporté le grand prix du roman jeunesse, créé par le ministère de la Jeunesse et des Sports pour encourager les écrivains français à se tourner vers cette catégorie, car quatre-vingt-quinze pour cent des livres jeunesse étaient alors des traductions. Il fallait envoyer un manuscrit anonyme en cinq exemplaires. Lorsque les organisateurs ont découvert la gagnante, ils auraient préféré faire demi-tour. Contre toute attente, ils ont élu une gagnante bêtement amerloque ! MAIS JE SUIS FRANÇAISE !

Dans l'une des classes que j'ai visitées, par milliers, un enfant m'a demandé d'où je venais. J'ai commencé à ouvrir la bouche, quand un autre enfant a répondu pour moi : « Elle est de Marseille ! » C'était le plus beau jour de ma vie !

À une soirée à Montréal, pour respecter leurs lois, il y avait quatre écrivains anglophones et une francophone. Moi. Il n'y avait pas un seul francophone dans la salle, mais j'ai été obligée de parler en français. Je n'ai jamais fait un tel bide, personne n'a souri, personne n'a ri (pourtant j'étais tellement drôle que j'en aurais pleuré), juste quelques faibles applaudissements de politesse et de soulagement quand j'ai eu terminé. Ça m'arrive souvent, quand je suis invitée chez des anglophones par des instituts français ou des Alliances françaises, d'être obligée de parler français à des gens qui n'en comprennent pas un mot.

Jacques est devenu mon pays natal et je n'avais besoin de rien d'autre, sauf : a) pouvoir me garer là où je fais des courses, donc b) être à l'aise pour rouler en voiture, c) maudire les conducteurs niçois qui conduisent n'importe comment et se garent en double file et n'importe où, le tout dans une incivilité totale, d) espérer qu'on m'accueille façon « le client est roi » au lieu de cette impression qu'on me rend service en me permettant de dépenser mon argent dans ce magasin, e) pouvoir disposer de quelques heures entre midi et 16 heures pour des corvées courantes, f) avoir un téléphone à la maison, g) rire facilement des mêmes choses, h) partager les mêmes références, i) connaître les codes au lieu d'être dans une perplexité permanente, j) me sentir moins à l'étroit puisque tout est plus petit, k) voir des mères moins violentes dans ces jardins où elles grondent méchamment leurs enfants, l) une politesse naturelle à l'opposé de la politesse robotique et froide, m) pouvoir manger de la *comfort food* au lieu de ces mauvaises herbes qu'on appelle « mesclun » et pouvoir acheter un hot-dog au bout de la rue, n) ne pas toujours sembler bizarre aux yeux des autochtones, o) comprendre ce que les gens me disent, p) ne pas passer des journées entières à tout haïr, q) ne pas pleurer une fois par jour, r) ne pas tout le temps calculer quelle heure il est dans mon ancien pays, s) ne pas transformer Celsius en Fahrenheit et mètres en *yards*, t) ni calculer le prix de tout en dollars, u) ne pas me fâcher contre les prix exorbitants, v) ne pas me demander du matin au soir « Qu'est-ce que je fous ici ? », w) ne pas me languir de ma famille américaine tellement fort que j'en ai mal, x) ne pas me demander pourquoi les acteurs des séries américaines parlent français, y) ne pas être irritée, z) ne pas être frustrée.

Tout un alphabet de petits malheurs. Soyons positifs. La France a aussi de bons points. Elle dispose de : a) une belle langue, si on sait la parler, b) une splendide littérature, si on sait la lire, c) une gastronomie exceptionnelle, si on a le bon sens de l'apprécier, d) 246 variétés de fromage (ou plus !), si on a le genre de palais pour aimer le fromage !, e) des bouteilles de vin : rouge, rosé et blanc, chaque bouteille nous surprend par son goût différent, mais il faut aimer le vin, f) des grandes marques de luxe – si on a des sous, g) des boutiques adorables – qui n'ont pas la taille convenant aux « vraies » femmes, h) des musées, des châteaux, des églises, des monuments qui datent d'avant la naissance des États-Unis, i) des trains à grande vitesse, j) une vaste diversité de paysages, si on a une voiture, k) des magasins fermés le dimanche, on ne vit pas que pour travailler, l) la Sécurité sociale – qui pourrait le croire ? –, m) l'éducation, même les universités sont gratuites, on n'a pas besoin d'économiser dès la naissance de ses enfants, n) le goûter, un mot qui n'existe qu'en français, o) un gouvernement, même si on n'est pas toujours d'accord avec ce qu'il fait, plutôt fiable et responsable, p) Nice, si belle, avec plages et montagnes pas loin, q) des villages médiévaux autour à visiter, r) des Français qui ne sont pas aussi froids que l'on pourrait croire – si on sourit, si on est gentil, ils vous le rendent, s) une équipe de foot championne du monde, t) un cinéma qui est un art, u) des bisous sur deux ou trois et même quatre joues, v) des râleurs et manifestants qui gardent vivante la démocratie, w) l'exception culturelle : salons du livre, festivals, événements abordables pour tout le monde, x) la chanson française, y) la BD tellement estimée, z) l'élégance et l'esthétique de vie.

Vous voyez, je n'étais pas si mal lotie !

Mais j'étais inconsolable et je le suis restée, comme si mon cœur n'était pas entier. J'étais déchiquetée d'être loin de ma mère et de mes sœurs. Elles faisaient depuis toujours partie de mon être. Le téléphone était trop cher, le voyage, je le faisais une fois par an. J'ai encore de grands sacs poubelle remplis de leurs lettres. J'ai les miennes aussi, que ma mère m'a renvoyées quand Jacques est mort.

C'était tellement imprévu qu'on vive sur deux continents, puis trois, séparées. Mes sœurs ont réalisé le rêve de Jacques en « montant » en Israël. Ça, c'était le véritable drame de mon émigration/immigration. Elles ont eu des bébés que je ne connaissais pas plus qu'elles ne connaissaient mes filles.

Sandra et Effie étaient tellement hors normes, explosives, inattendues, anticonformistes, incomparables, farfelues, le *fun* incarné, drôles, inimitables. Il y avait peu de chance que je trouve des remplaçantes à ces énergumènes phénoménales. J'étais en deuil de leur présence, leur gaieté, leur cocasserie, leur étrangeté.

Mon seul recours était de me remémorer leurs frasques. Je vois un t-shirt rouge, et la scène avec Sandra chez Marshall's, une chaîne de grands magasins à petit prix, me revient. Je suis en train de choisir un t-shirt à cinq dollars et, avant de le mettre dans mon chariot, ma sœur me l'arrache des mains pour aller trouver le chef de magasin et faire baisser le prix de deux dollars. Elle déclare : « Tout est négociable. » Je ne lui fais pas part de mon idée selon laquelle une demi-heure de discussion ne vaut pas les deux dollars gagnés. Je sais que ce sont ses défis et ses aventures, ses victoires et ses triomphes.

Une fois, je ne sais pas ce qui me prend de compter les couches en papier de Lili, ces précurseurs des Pampers qui ressemblaient à des serviettes hygiéniques géantes. J'avais l'impression d'être arnaquée, il ne pouvait pas y en avoir trente dans le sac. Effectivement, il n'y en avait que vingt-cinq. J'ai alors essayé toutes les techniques de ma sœur pour démontrer au vendeur du Prisunic que ce n'était pas moi qui trichais. Rien à faire. Ma sœur se serait abattue sur lui comme une combattante d'unité de choc, ainsi que je l'ai vue faire tant de fois, par exemple le jour où elle a marché droit sur cette vendeuse d'un grand magasin de Pennsylvanie avec la boîte vide d'un Magimix. Elle était vide parce qu'elle l'avait vidée. Elle lui a joué une scène dramatique : « Je suis tellement gênée, je ne sais pas comment vous le dire, je suis rentrée à la maison et j'ai voulu utiliser mon nouvel appareil mais la boîte, comme vous le voyez, était vide. » Sans sourciller, la vendeuse s'était confondue en excuses pour cette terrible erreur, était allée en chercher une autre, et nous étions reparties avec un deuxième Magimix, pour Effie. Ou la fois où elle a raconté à ce traiteur, d'une voix mielleuse et embarrassée : « On a eu un malheur. J'ai donné une fête hier soir pour une vingtaine de mes amis et, ce matin, les uns après les autres, ils m'ont avertie qu'ils étaient tombés malades dans la nuit. Comme j'ai tout acheté ici, je voulais juste vous prévenir », a-t-elle soufflé d'une voix timide. Il lui a demandé combien elle avait dépensé et, sans vérification ni ticket de caisse, il l'a remboursée.

Ma mère était toujours présente lors des tricheries de sa fille, et assez fière de son talent. Après tout, moi j'étais une bonne élève, Effie était drôle et Sandra avait le culot d'obtenir tout gratuitement. Et ma mère avait le don d'être toujours positive, optimiste. Quand son deuxième mari est mort, monstrueux, haineux, vulgaire, son amour de jeunesse, pur produit des bas-fonds de Brooklyn, que nous avions surnommé « Kong » et « Cro-Magnon », je lui ai téléphoné et lui ai demandé, avec une compassion larmoyante : « Comment tu vas, maman ? » Il l'avait poursuivie pendant des années, jusqu'à ce qu'elle cède. Sa vie avec lui avait été un champ de bataille. Il était radin, mesquin, vilain. Elle a crié fort : « *Free !* » (« Libre ! ») « Et vivante ! »

Elle était une mine d'or d'encouragements, nous faisant croire qu'on était belles et fortes, et qu'on pouvait accomplir des merveilles. Rien n'était trop difficile pour elle, avec son énergie débordante.

Mais tout était difficile pour moi car, en France, elle n'était pas là.

Petit à petit, rien ne me manqua plus de mon vieux pays, à part ma famille et une certaine chaleur, une certaine proximité des gens. La France était trop formelle pour moi avec ces « Madame » froids par-ci et des « Je vous en prie » par-là. On réagissait mal à mes tutoiements. Mais quand je suis retournée en visite dans le New Jersey et qu'une vendeuse s'est adressée à moi en me disant « Chérie », je lui ai demandé : « On se connaît ? »

EXIL 12

Être veuve

J'adorais être mariée, avoir une famille. Puis nous retrouver en tête à tête quand les enfants sont partis. Deux au lit, deux à table, deux au cinéma. La porte s'ouvrait et Jacques entrait. Je n'étais que la moitié d'un couple mais je me sentais entière ; et puis je n'ai plus été que la moitié de moi-même, amputée de Jacques. Sans parler de ce qu'il est convenu d'appeler l'amour, le grand amour. On ne s'adressait jamais l'un à l'autre avec des mots tendres, « chéri », « amour », « *sweetheart* », tellement c'était évident et intégré. Perdre Jacques, qui était l'origine et la cause de mon expatriation, fut un exil exécrable.

Né en 1939, Jacques souffrait physiquement depuis toujours, surtout depuis la guerre et son enfance cachée. Avant d'être déporté, son père avait pu trouver un refuge pour ses enfants dans l'arrière-pays niçois, à Peille, dans un couvent. Jacques était très attiré par la messe, mais son frère Joseph, de six ans son aîné, l'empêchait d'y aller. Après ça, il fut protégé par des résistants dans le centre de la France. Quand il est revenu à Nice, il avait un ulcère qui saignait, chose rare chez un enfant. Je l'ai toujours connu tordu de douleur, ses mains (et les miennes) lui massant le ventre. De temps en temps, il se sentait mieux, l'accalmie était un cadeau.

Jacques avait survécu à la guerre sans survivre. J'ai toujours pensé que les survivants n'avaient pas survécu. Il était prêt à en refaire une. En mai 68, j'avais vingt-trois ans et tout ce que j'ai compris de la subtilité des événements, c'est que le facteur ne passait plus. Et je souffrais encore plus de la distance avec ma famille. Jacques, lui, vivait une sorte de rêve d'activiste, occupant les amphis universitaires et l'hôtel de ville de Nice. Pour lui, la vie s'était enfin réveillée, mais en même temps son corps s'est révolté. L'ambulance l'a conduit à l'hôpital, sa femme éplorée et son bébé à ses côtés.

Il est rentré à la maison avec un tiers d'estomac en moins. Plus endeuillé par sa révolution manquée que pour ce bout de corps essentiel – mais il souffrait trop pour occuper autre chose que son lit. Il n'était pas un malade doux et coopératif. Sa mauvaise humeur, sa douleur emplissaient la maison.

Une semaine après son retour, sa mère fit un infarctus lors de sa promenade quotidienne sur la plage. Après l'hôpital, la seule solution était qu'elle réside chez nous.

Je n'avais pas vécu un an en France que j'étais envahie par ma belle-mère malade, son fils malade et son mari à elle – lui au moins était un bon compagnon pour bébé Lili et moi. Je dirigeais ma clinique comme je le pouvais, servant les trois repas par jour à des pensionnaires exigeants, chacun avec un régime différent. Jacques faisait plus d'efforts devant ses parents, se levait, s'habillait. Il s'est remis à travailler et est retourné à l'université quand elle a rouvert. Les beaux-parents sont restés un mois avec nous, dans cette clinique improvisée d'urgence, avant de rentrer chez eux, à dix minutes à pied.

Pendant vingt-cinq ans, Jacques est allé plus ou moins bien. Puis, quand son père est mort, nous avons de nouveau reçu sa mère, dont la tête s'égarait, en héritage. Je n'avais aucune hostilité envers elle mais, quand elle est décédée, peu avant Jacques, je lui en ai été reconnaissante, car je n'aurais pas pu continuer à m'occuper des deux.

Les symptômes habituels de douleur sont devenus plus préoccupants en 1990 mais, habitué à son système digestif chamboulé, même son gastro-entérologue n'en faisait pas un drame. Il n'a pas fait la moindre coloscopie. Et sans sa souffrance ni sa douleur, Jacques était comme nu.

Une visite à l'hôpital en urgence révéla une tumeur au côlon. À partir de ce moment, le cancer officiellement déclaré, la maladie de Jacques est devenue un travail à plein temps. J'ai même pris un congé de l'université. Qu'il soit à l'hôpital pour une opération ou la chimio ou à la maison, il me confiait des missions : acheter *Le Monde* (bien sûr), planter un plaqueminier et un mandarinier de Nice, acheter la blédine qu'il espérait pouvoir avaler, ou un filet de sole. Il ne faisait aucun effort pour cacher sa souffrance. Il se regardait dans le miroir et disait : « Je ressemble à mon père à sa sortie d'Auschwitz. » Pourquoi lui avais-je acheté un pyjama rayé ? Il avait beaucoup maigri, ses cheveux abondants n'étaient plus qu'un souvenir. N'empêche qu'il était toujours le plus bel homme au monde pour moi. Il était là et personne ne pouvait me dire qu'il n'y serait pas toujours. Notre fille Mayah, étudiante en médecine, a essayé de m'y préparer.

Il allait encore à son centre de recherche à Sophia Antipolis, l'INRIA, l'Institut national de recherche en sciences et technologies du numérique, qu'il aimait tant. Je n'étais pas loin, à l'ESSI, l'École supérieure en sciences informatiques. Nous mangions ensemble à la cantine. Chaque moment avec Jacques était d'une douceur pure. Est-ce qu'il faut une maladie aussi grave pour apprécier le trésor que l'on a ? Oh, je l'avais toujours su. Je m'accrochais à chaque mot, à chaque soupir. Je n'arrêtais pas de lui dire combien je l'aimais. Il avait l'air de laper mon amour comme un chaton du lait.

Ça empirait de jour en jour. Il y a eu tant d'allers-retours dans les hôpitaux : le Memorial Sloan Kettering à New York, Lacassagne, Saint-Roch, Pasteur – Mayah toujours avec nous.

Une opération foirée à Saint-Roch car il n'y avait plus rien à faire. Jacques se réveille particulièrement mal. Je panique à chaque tournant. Je vais voir le chirurgien, le Dr Gugenheim, ma fille m'accompagne. Il me dit qu'il n'a pas d'explication et n'a pas de solution, sauf pour me mettre en garde : « Arrêtez de demander des miracles. » Je lui réponds : « Je n'arrêterai jamais. Chaque jour est un miracle. »

C'était comme si je l'avais piqué d'adrénaline et cet homme si sobre et austère me mène dans la chambre de Jacques pour LUI faire la morale et lui redonner de l'espoir. Il y a eu des douzaines d'incidents comme ça, des urgences, des crises, de l'espoir non fondé.

Il ne pouvait plus aller au travail.

Nos amis franco-américains Luli et Fabrice nous ont prêté un sitcom drôle, *The Golden Girls*, parce qu'il fallait rire pour guérir. Ses étudiants venaient à tour de rôle, des collègues, des amis, un défilé sans fin.

Et puis ma mère est venue me « soutenir » ! Tout est devenu plus difficile, parce qu'il fallait en plus que je justifie chaque pas et chaque démarche. Je montais et descendais l'escalier intérieur (ou extérieur), et ma mère me grondait : « *Preserve yourself !* » Alors que j'avais la chance d'être en pleine santé, énergique et prête à tout. Ce n'est pas qu'elle n'aimait pas Jacques, elle l'adorait. En outre, elle n'avait pas traversé l'océan pour rester auprès d'un malade. Il fallait sortir, courir, faire des dîners pour qu'elle ait à qui parler.

La maladie de Jacques a été pleine de tension et d'angoisse, mais je considère cette période comme un âge d'or puisqu'il était encore là. Et puis, le 29 avril 1994, étendu sur son lit médicalisé à la maison, il a poussé son dernier soupir. J'étais perdue.

Ma mère était là. Mes sœurs ont accouru. Les tout premiers amis arrivés furent Dan et Nicole, nos meilleurs amis. Bénis soient les amis, la famille.

J'ai pris le premier calmant de ma vie le jour où on a enterré Jacques, cet homme exceptionnel, ce monument de culture, ce corps chaud contre lequel je me frottais. Devenu froid et rigide, avec une expression d'effroi que Mayah n'a jamais oubliée – elle parle souvent du visage de mort de son père, lors de l'agonie. Ce n'était pas une belle mort. Moi j'étais comme insensible, engourdie, paralysée, mais j'ai quand même appelé les pompes funèbres, le rabbin, mes sœurs, le frère de Jacques et quelques amis. Et j'ai quand même compris, à travers le brouillard du chagrin, que, si Jacques était mort, j'étais vivante. N'empêche que j'étais déshydratée à force de pleurer.

L'enterrement fut digne du notable qu'il était. Une foule immense au carré juif du cimetière de l'Est, à Nice. Il a retrouvé ses parents, la mer au loin. Et puis le rite tellement bien pensé de *Shiva*, la première semaine de deuil. J'en fus très reconnaissance à l'égard des rabbins qui l'ont inventé. Les amis se sont relayés et cuisinaient des festins pour vingt-cinq ou trente personnes. Si en compagnie des autres je riais, seule dans mon lit la nuit je pleurais. Ça m'a sauvée – enfin, si je suis sauvée.

L'exil le plus douloureux. La raison pour laquelle j'avais quitté mère, père, famille, pays, langue, n'était plus. Beaucoup d'amis pensaient que j'allais rentrer chez moi, mais mon chez-moi n'était plus chez moi. J'étais comme l'homme sans pays.

Lili, enceinte, vivait sa vie à Paris avec Philippe. Mayah a abandonné ses études de médecine pour partir en Israël. Ma grande maison était envahie de fantômes.

J'étais seule. Jacques n'est jamais revenu.

EXIL 13

Errer

J'avais une maison, un mari, une famille. Le mari n'étant plus, la maison n'était plus un abri. Je me suis exilée volontairement, en répondant positivement à toutes les invitations faites à l'écrivain que j'étais.

On a tellement de chance, nous les auteurs de livres jeunesse, d'être invités, logés, nourris, arrosés, fêtés, bichonnés. J'aimais tant frimer : « Je vais en Chine ! Je vais en Nouvelle-Calédonie ! Je vais à Chicago ! » C'était mes vacances, mes aventures et mon gagne pain.

Après la mort de Jacques, pour me perdre encore plus, pour m'évader de la maison vide, j'ai accepté toutes les invitations en bibliothèque ou dans des classes, les rencontres dans les lycées ou les instituts français à l'étranger, les Alliances françaises, où que ce soit. Mais au lieu d'échapper à ma maison en deuil, j'ai multiplié les retours douloureux.

Erreur numéro 1 : Après son décès, j'ai pris une année sabbatique de l'université, ce qui me laissait sans structure, sans contacts, sans but en plus d'être sans Jacques. Et sans Mayah, sans Lili, parties, moi qui avais quitté mes parents pour m'envoler avec Jacques, pour la première fois j'étais vraiment seule.

Erreur numéro 2 : Moi, la juive errante, je papillonnais de ville en ville et de pays en pays. Je me réveillais le matin sans savoir où j'étais, entre quatre murs au papier peint sordide. On me faisait défiler devant des classes de quartiers difficiles aussi bien que devant des enfants de diplomates et d'industriels scolarisés dans des lycées français à l'étranger.

J'aimais la compagnie de mes lecteurs. Et quand il m'arrivait d'être logée dans un hôtel de luxe, c'était encore plus dur parce que j'aurais aimé partager mon immense lit avec Jacques.

Il n'était jamais loin. Quand les classes étaient mal préparées, je pouvais entendre sa désapprobation, lui qui trouvait que je perdais mon temps à être commis-voyageuse. J'aimais, j'aime les rencontres. Les salons du livre surtout étaient sympathiques, j'aimais les petits déjeuners entre auteurs, et les organisateurs adorables qui veillaient sur nous.

Si c'était un vendredi soir, j'étais nostalgique des dîners de shabbat que je préparais avant, avec plus d'amour que de foi. Ce jour de courses et de préparation avait un but sacré. Le soir, j'allumais les bougies pour inaugurer un temps d'une couleur, d'un ton, d'une atmosphère distincts des autres jours. Jacques officiait après sa semaine de labeur. Il était de meilleure humeur. Les filles écoutaient ma belle-mère raconter la même chose toutes les semaines, que dans son enfance ils étaient dix à table. Elle récitait tous les noms : Eli, Obadia, Moïse, Michel, Rebecca, Rachel, Esther, son père le grand rabbin de Constantinople, Yaakov Eskenazi, et sa mère, qui s'appelait Mazal Tov. Elle vivait entièrement dans ce passé lointain, et moi aussi ! Elle n'a jamais, pas une seule fois, fait un compliment, dit que ma table était belle, que le bouillon de poule était bon, que quoi que ce soit était réussi, peut-être pour la simple raison qu'elle ne savait pas mentir. Je me contentais de ma propre satisfaction et du fait que Jacques n'avait rien à critiquer.

D'habitude, je n'acceptais pas de déplacement lors des fêtes juives, mais une fois, invitée à Uzès pour une belle soirée dans la cave voûtée d'une librairie, j'ai apporté ma *chanukiah*, le chandelier à huit branches. Triste de ne plus avoir une maison pour l'allumer et faire briller la lumière de cette fête singulière, à la fin de la table ronde, j'ai invité les éventuels juifs à monter sur scène et à faire le rite avec moi. Comme des marranes qui sortent de leur cachette, quelques personnes m'ont rejointe, toutes émues comme moi, unies et reconnaissantes de nous être offert un tel moment.

Un voyage à Bordeaux chez mon amie bibliothécaire Annie Aubert. Oh, les amitiés ! Annie a été la première bibliothécaire à m'inviter et nous sommes restées amies durant toute sa courte vie et au-delà. On ne peut pas « tomber en amitié » avec tout le monde mais avec Annie ce fut immédiat. Elle était tellement naturelle, passionnée, drôle, terre à terre. Il y a aussi les librairies, et à Bordeaux je suis allée souvent chez Comptines, la librairie de Mireille et Josée. À un colloque sur le biculturalisme, organisé par Marie-Hélène Cazalet, j'ai rencontré l'incroyable illustratrice des poètes, Jacqueline Duhême, une amie depuis. De salon en salon de plus en plus d'amis, certains que je ne vois qu'une fois par an, dans les allées du salon de Montreuil – néanmoins la grande affection que je leur porte m'habite d'une année sur l'autre.

Le salon du livre de jeunesse de Montreuil ! Je n'ai jamais manqué cette fête dont nous sommes les stars, nous les auteurs jeunesse, même quand j'étais malade. C'est un véritable événement culturel et humain, tellement bien organisé, fréquenté, une célébration des auteurs, des éditeurs, des lecteurs, pour faire vivre le livre. Combien j'aime dédicacer les livres, avoir ces moments d'échange avec des enfants et leurs parents, et voir disparaître des piles de livres, en me disant que tout ce travail n'était pas vain !

À Saint-Malo, les yeux écarquillés, je ne sais pas où donner de la tête tant il y a de conférences, de lectures, de films. La beauté du lieu, la grande salle avec ses multiples buffets, les classes que nous rencontrons dans des monuments historiques. Quand on a la chance d'y être invitée, on accourt. Aubagne, Ploufragan (j'y suis allée parce que j'aimais dire aux gens que j'allais à Ploufragan. « Ploufquoi ? »), Beausoleil, Saint-Paul-Trois-Châteaux, Mouans-Sartoux, près de chez moi : toute la ville devient LIVRE. Villeurbanne, Grateloup, Colmar, Grenoble et tant d'autres.

La France a fait un art de ses salons du livre.

L'Italie, c'est toujours la fête. On m'a logée dans un *palazzo* à Parme. Lit à baldaquin, immense suite, j'avais l'impression d'être Louis XIV, je me suis assise au bord du lit et j'ai sangloté. Au lieu de me vautrer dans ce luxe, je me suis noyée dans des larmes de tristesse à ne pas pouvoir partager cette beauté et ce luxe. Où mettre la volupté dans tout ça ? La ville était déjà un luxe pour les yeux, l'estomac, la tête. Je suis allée à pied jusqu'au restaurant où les auteurs étaient invités. On n'était que deux. Un bel homme à une table semblait m'inviter à prendre place en face de lui. Bruno, écrivain de fantasy jeunesse, mon âge, parlant parfaitement l'anglais. Je rêvais ou quoi ? C'était la première fois que je rencontrais un homme célibataire avec qui j'allais prendre tous mes repas pendant une semaine. Lui était dans un hôtel miteux. (Est-ce que j'allais l'inviter à partager mon *palazzo* ?) Je n'ai pas pu aller jusque-là. On a fait connaissance. Il m'a invitée chez lui à Venise. Il faisait ses rencontres, moi les miennes. Il m'a fourni de quoi fantasmer dans mon lit à baldaquin. Je n'ai pas acheté de jambon de Parme mais de l'Eau de Parme, le parfum.

Bruno m'a envoyé le livre qu'il avait écrit après Parme, avec une dédicace à mon nom. Et puis il s'est suicidé.

Même chose à Namur, où j'ai sangloté dans la suite nuptiale. J'ai fait couler mes larmes à travers le monde après des journées épuisantes passées à sourire jusqu'à m'en faire mal à la mâchoire.

Je ne savais pas, quand j'ai embarqué pour Séoul, qu'ils allaient me conduire immédiatement à une grande conférence de presse dans la salle de bal de l'hôtel Hilton, moi en pyjama à peine amélioré. En Corée, j'étais un événement. Les meutes de paparazzi me poursuivaient partout, comme si Madonna avait atterri chez eux. Le programme était complet de l'aube à minuit. J'ai dédicacé des livres pendant des heures dans un centre commercial souterrain, à des centaines d'enfants aux prénoms en idéogrammes. Chacun avait un cadeau pour moi contre une photo. J'étais le Père Noël. Après une semaine éreintante, le chauffeur de l'ambassade de France m'a ramenée à l'aéroport. Je lui ai demandé s'il avait eu d'autres auteurs dans sa voiture. « Ah oui, la semaine dernière j'ai conduit M. Le Clézio, *but you are big more famous !* » (Le Clézio venait de recevoir le prix Nobel de littérature !)

Fish and chips en Irlande avec des amis que je suivais d'une Alliance française à l'autre. Un restaurant à Hanoï avec mon éditeur vietnamien, qui ne servait que des nems. Les petits déjeuners à Shanghai qui ont contribué à quelques kilos supplémentaires. Les *scones* à Londres. Et, en Chine, le directeur d'école qui est allé me chercher un hamburger dans un fast-food pour me faire plaisir. Ça s'appelle une mémoire sélective.

On m'a demandé de présider la commission « Littérature de jeunesse » au Centre national du livre. J'ai protesté que je n'en étais pas capable puisque « nouvelle Française » et quand même Amerloque. Ils ont insisté. Cela a été le meilleur travail de ma vie ! Il fallait lire les livres des candidats et faire des comptes rendus. Oh, le plaisir de jouer au Père Noël et de donner de l'argent aux auteurs. On se réunissait trois fois par an, à Paris. Toute une journée de discussion. Ma commission s'entendait si bien que nous avons pleuré après la dernière séance de notre mandat de trois ans. Bénie soit la France qui donne de l'argent en soutien aux auteurs !

Il y a à peu près 70 539 anecdotes à raconter sur mes voyages professionnels. Je faisais du tourisme insolite car tout ce que je voyais, des fois après vingt-quatre heures d'avion, c'était des écoles et des enfants. Un beau tourisme. Un moment lumineux se démarque : dans l'auditorium d'une école primaire en Chine (450 élèves), j'ai lu mon livre *Emma et le bain à la banane*, en anglais, pendant que l'interprète le lisait dans son édition chinoise. Les enfants étaient très attentifs. À la fin, j'ai demandé s'ils savaient comment on dit « banane » en anglais et d'une seule voix, ils ont crié : « *Banana !* » J'ai appris aux enfants d'écoles du Liban ou du Qatar une chanson en hébreu. Et partout je chante avec eux « *If you're happy and you know it, clap your hands* ».

Une vie chanceuse !

EXIL 14

De souris grise à femme fatale

Toute ma vie trop grosse, pas assez belle, trop ceci et pas assez cela, des complexes en pagaille et puis, par la magie d'une rencontre une nuit à Paris, j'ai quitté ces obsessions de laideronne pour devenir une femme fatale, m'exiler de ma vieille peau et faire peau neuve. Certains exils sont réjouissants.

Dix ans de fugues frénétiques comme commis-voyageuse, missionnaire du livre et de la lecture (missionnaire de moi-même !), dix ans de larmes intermittentes, avant de cliquer sur Georges. Mon gendre m'avait inscrite sur un site web, jewishcafe.com, me disant que j'avais assez pleuré et que j'étais encore « potable ». J'avais déjà fait quelques rencontres : un architecte californien qui construisait des maisons dans les arbres, un Hollandais qui était sans doute en permission de sa femme, un Anglais qui jouait de la contrebasse, comme moi, lui aussi en vacances maritales pour un week-end sur la Riviera. Ils ne me l'ont pas dit mais je le savais. J'ai passé un bon moment avec chacun, un moment vite passé, sans suite. Ils étaient tous tarés.

Et puis Georges est apparu sur mon écran. Ni homme ni Minotaure, j'ai été seulement attirée par « Neuchâtel », parce que j'avais été invitée à Yverdon, sur le lac de Neuchâtel, et j'avais aimé les filets de perche. Il était suisse. Ça me paraissait être un beau pays, de paix et de bien-être. Alors clic !

Il ne m'a ni charmée ni séduite. Il ne m'a pas fait tourner la tête ni soulevée vers les étoiles. Ce n'était pas un moment cinématographique et nous n'étions pas des vedettes du cinéma, juste deux êtres solitaires qui cherchent à se trouver l'un l'autre. Adam était seul dans le jardin d'Eden et Dieu a vu que quelque chose lui manquait. En découvrant Georges, ça n'a pas été le coup de foudre, mais les retrouvailles avec la pièce manquante. Et j'ai compris qu'il était intègre, sain d'esprit, qu'il ne savait pas mentir, il était veuf, sans femme cachée à la maison. C'était appréciable, après mes précédentes expériences.

Il est venu me rencontrer à Paris. Je l'ai accompagné à l'hôtel où il avait réservé une chambre. Il m'a dit qu'il allait juste poser sa valise et je lui ai dit que j'adore voir les chambres d'hôtel (c'est vrai !). Je l'ai donc accompagné à sa chambre comme un condamné à mort. Et je l'ai poussé au lit, pauvre victime innocente et sans soupçons. Je lui ai dit qu'à nos âges, on n'avait pas le temps de se faire la cour.

De rencontre en rencontre, le corps-à-corps aidant, l'intimité s'est installée. Je n'avais pas besoin d'un copain/copine de plus, j'avais un désir fort, envie d'être une femme de nouveau, d'être de ces deux qui font un. Lui ne s'attendait pas à une femelle en chaleur, il a juste cédé à mon manque. Et j'adorais son étonnement, son éblouissement de découvrir que lui aussi avait envie, de son appréciation du don de mon corps, d'une sensualité inconnue auparavant. Il avait déjà soixante-quatorze ans : « Qu'est-ce qu'on fera quand la bête ne répondra plus ? » J'ai dit qu'on s'adapterait.

Ma vie était trop pleine pour caser un homme. Pourtant, petit à petit, d'une fois à l'autre, il est entré dans ma vie. Il m'a accueillie à Neuchâtel dans sa grande et belle maison en bord de lac, sur fond de chaîne des Alpes. Je n'ai jamais voulu deux maisons, je déteste les transitions. Même quand Jacques rêvait d'une cabane à la montagne, je rechignais.

Si le charisme de Jacques me comblait à dix-neuf ans, la gentillesse de Georges fut la bienvenue à cinquante-neuf ans. J'avais écrit un livre devenu une comédie musicale, *Un jour mon prince grattera*, avec une dizaine de chansons, dont « Un homme dans mon lit, c'est ça la vraie vie ». Et j'étais juste au septième ciel de trouver des caresses et de la bienveillance. Il n'y avait pas d'« enjeu », un mot qu'on m'a appris dans un cours de scénario à l'école de cinéma. Il y avait juste l'harmonie, la sérénité, le bien-être sans la routine, sans autre projet que la tendresse. Et puis Georges m'a fait découvrir la Suisse. Mes sœurs étaient ahuries qu'il n'ait pas de voiture, même pas le permis de conduire ! Effie m'a dit : « Il ne ressemble pas à ton père mais à ton grand-père ! » Il y a un moment dans la vie où on se fiche bien des apparences et d'être comprise !

Si Jacques était un ovni pour la jeune Amerloque que j'étais à dix-neuf ans, Georges l'était encore plus pour la veuve de cinquante-neuf ans. Le seul détail salvateur, c'était qu'il parlait l'hébreu, ce qui le rendait un peu plus familier.

Première différence : l'âge, donc. Il avait soixante-quatorze ans à notre première rencontre. Bien qu'il m'ait assuré que l'âge n'était rien qu'un chiffre, il avait son âge – comparé à mon âge mental de quatorze ans !

Il était tellement timide, pour ne pas dire coincé, qu'il ne me regardait pas dans les yeux. Je pense qu'il fixait un point au plafond ou sur le sol, ou n'importe où ailleurs que sur mon visage rondelet.

Il était d'un autre milieu, d'une autre civilisation, rigide, vieillot, sorti d'une époque antique, mais néanmoins amusé par le bolide qui était entré dans sa vie. Pour ce Suisse-Allemand, le français n'était que sa deuxième langue, qu'il parlait bien sûr mieux que moi. Un point commun entre nous deux. Et l'hébreu notre troisième.

Il avait des parents juifs mais n'avait pas été élevé comme moi dans la tradition. Il avait été l'un des fondateurs d'un kibboutz dans le désert du Néguev, du nom de Gvulot (Frontières). Un kibboutz laïc ! Il y avait vécu treize années, à partir de 1951. C'était lors des débuts pionniers du nouvel État d'Israël. (Il m'a dit qu'il aurait aimé me rencontrer à cette époque et je l'ai informé que j'avais cinq ans !) Mais il adorait faire shabbat avec moi, allumer les bougies, faire le *kiddouch*, la bénédiction du vin, et *hamotzi*, celle du pain, prendre ce repas spécial dans sa belle salle à manger.

Et faire l'amour ! Matin, midi et soir. Réunir nos deux corps affamés. Se vautrer dans son grand lit, qu'il avait acheté quand sa femme, Heidi, était malade, un lit électrique qu'on pouvait ajuster au dos, aux jambes, le plus confortable que j'aie jamais eu.

Il passait son temps à chercher des friandises touristiques à m'offrir à ma prochaine visite : des stages amusants (la marche nordique à Pontresina, le yoga oculaire, le dessin), des sites montagneux, les hôtels luxueux que j'affectionnais tant, des restaurants étoilés, des villes pittoresques, des croisières romantiques sur les rivières et les lacs, des visites dans les chocolateries ou chez les fromagers. Des téléphériques pour rejoindre des restaurants en haut des sommets blancs. J'étais la princesse de la Suisse. Oh, la Suisse, quelle beauté, quelle fête en plein air, quelle paix dans la ville endormie de Neuchâtel !

J'aime écrire et faire écrire. Ainsi j'ai lancé Georges dans le projet de raconter notre rencontre et notre amour, pour ce qui est devenu le livre *Fleurs tardives*.

Je ne sais pas si j'étais sûre qu'un Georges m'attendait quelque part comme tant d'âmes solitaires dans leur coin, surtout à nos âges. Même vieux, on ne débranche pas des rêves d'amour, mais comment dénicher un petit compagnon pour partager ces élans de tendresse alors que nous sommes enfermés, impuissants, chacun dans nos vies ? Ce n'est pas au Club alpin, dans les sinistres associations municipales de vieux croûtons ou les bars qu'on va faire des connaissances. On n'a plus d'activité professionnelle. Qui s'occupe des veuves, des veufs, des divorcés, des moines forcés, des reclus, des esseulés, des célibataires malgré eux ?

Abandonnés dans nos lits, on a du mal à s'embrasser tout seuls, mais les fantasmes tournent dans nos cinémas personnels, accompagnés par la musique de nos cœurs battants et de nos soupirs.

Georges m'a montré la Suisse éternelle dans la majesté de ses montagnes, ses lacs, ses villages, ses croisières, ses fleurs sauvages, ses restaurants en haut des funiculaires, ses hôtels et leurs buffets infinis au petit déjeuner. Et j'ai montré à Georges la Côte d'Azur et la Riviera italienne. Il a goûté de la socca et des nems, du couscous aussi. On s'est promenés le long de la mer, dans la vieille ville de Nice, dans les villages perchés. Un dépaysement des deux côtés.

Nos maisons sont identiques, avec chez lui, pour mon grand malheur, un escalier aussi pénible que le mien. De toutes ses fenêtres, on voit le lac de Neuchâtel et la chaîne des Alpes. Des miennes, la Méditerranée. On a l'espace, la sérénité, l'harmonie et une entente presque parfaite. Georges est reconnaissant que je ne finisse pas ses phrases comme d'autres femmes avant moi. Il a un débit extrêmement lent, mais je suis patiente. Et je le suis parce qu'il ne me fait pas de remarques sur mes rondeurs.

J'ai été heureuse qu'il soit un grand lecteur. Lire côte à côte est un bonheur grandiose. Lire toute seule aussi, mais c'est mieux à deux ! Il n'aime pas trop les séries que j'essaie de le pousser à regarder avec moi, mais il accepte d'en voir certaines. On aime tous les deux les petits déjeuners ensemble, le pain côté français, le fromage côté suisse.

On a pris plaisir au rite de shabbat, lui pas du tout pratiquant, et moi de moins en moins. J'aime quand il vient me rendre visite dans mon bureau chez lui. Je lui lis mon dernier paragraphe. Il est très fan. J'ai écrit *La Chemise d'une femme heureuse* entièrement sur son balcon, devant le paysage paisible.

J'aime sa paix intérieure ; il aime mon bouillonnement. J'aime son intégrité ; il aime mon audace. J'aime sa forme physique ; il accepte ma paresse sportive. J'aime la possibilité d'être silencieux ensemble. J'aime pouvoir lui prendre la main alors qu'il y est réticent, lui trop timide pour s'afficher et risquer d'attirer l'attention en public. J'avais comme défi de le contaminer de ma folie.

Il aime ma spontanéité ; j'aime sa réflexion. Il aime mon dynamisme et j'aimerais lui en donner un peu. Il a de l'humour, on le partage.

Il aime aussi mon sens de la tragédie et j'aime être consolée par lui. Il aime ma curiosité et ma facilité à communiquer. Il profite des gens que je rencontre dans les voyages en train, en bateau ou en car. Il aime mon art d'être juive. Il aime sa renaissance sexuelle.

Il aime mes yeux; j'aime ses oreilles énormes, sa grande taille. J'aime son esprit d'ouverture, même s'il ne veut pas faire une ouverture dans le mur entre la cuisine et la salle à manger, un de mes projets pour embellir sa maison et voir le lac et les Alpes depuis sa cuisine. J'ai mis dix ans à le convaincre de refaire sa salle de bains, remplacer la baignoire suicidaire par une douche à l'italienne. Quand enfin il a cédé, il a joui quotidiennement de sa douche.

J'aime son amour ; il aime ma fidélité.

On va se fiancer pour ses quatre-vingt-dix ans !

EXIL 15

Être malade

On le sait seulement quand ça se détraque : le corps est notre maison, notre pays, notre capitale. Quitter cette inconscience béate de ne pas connaître « l'adresse de nos organes » pour devoir comptabiliser chaque élément de son sang est un exil terrifiant. Plus de chez-soi. L'innocence se transforme en culpabilité, pour n'avoir pas eu une bonne hygiène de vie. Et on ne peut pas dire : « Si seulement j'avais su... »

On se sent invulnérable, c'est l'arrogance des bien-portants. Le cancer semble si loin, une éventualité inenvisageable, la pire des possibilités, le malheur des malheurs. Je l'avais vécu avec Jacques, je me croyais vaccinée. Et puis ça n'arrive pas qu'aux autres. Une seule larme a coulé, et j'ai accepté. A-t-on le choix ?

À Paris, cette semaine de décembre 2016, il y avait de quoi se rendre malade. J'avais un tournage pour la nouvelle émission d'Augustin Trapenard, « 21 centimètres », un séminaire à la Sorbonne, cinq livres à lire pour « La Grande Librairie », où j'étais invitée… et j'allais recevoir la Légion d'honneur ! Toute ma famille était venue d'Israël pour la cérémonie de remise. Les nuits, je les consacrais à la lecture des cinq romans, toujours tellement obéissante ; les jours, à remplir mes obligations et à traîner ma sœur dans Paris, histoire de rentabiliser son billet d'avion.

J'ai commencé à avoir mal la première nuit, une douleur à la poitrine. Dans le déni, je me rassurais en me disant qu'il y avait simplement trop de pression. Je n'avais pas l'habitude d'écouter les messages du corps. Mais j'avais très peur. Surtout, je ne voulais pas alarmer la famille. Maline, je savais que si j'allais chez un médecin, il m'enverrait tout droit à l'hôpital.

J'étais sûre de mourir en direct sur le plateau de « La Grande Librairie », ce qui aurait été plus intéressant que ma prestation honteuse. Je paniquais de plus en plus mais j'ai survécu à la cérémonie de remise de la Légion d'honneur, au milieu du salon du livre de Montreuil. Avec peine, beaucoup de peine.

Le lendemain, quand la famille est repartie en Israël, j'ai dit à Lili : « Tu peux appeler le SAMU, maintenant. » Ils sont venus et ont chargé l'ambulance du gros tas de douleur pour me conduire à l'hôpital Cochin. La gentille interne anglophone a fait faire une batterie de contrôles. Elle revenue est avec son grand chef, ce dernier m'a informée que j'avais une péricardite, ce qui n'est pas grand-chose, « comme une grippe au cœur ». Je suis restée quatre jours, puis encore trois supplémentaires chez ma fille, avant de rentrer en train à Nice, où j'ai dormi dix-huit heures d'affilée.

Puis l'interne m'a téléphoné pour me dire de contacter l'hôpital de Nice, il fallait trouver la source d'une maladie auto-immune décelée par leurs investigations. Il n'y avait aucun symptôme et ils ont eu du mal à en déterminer l'origine. Quelle victoire d'apprendre par l'échographie, dans le cabinet du Dr Benzaken, qui était le coupable : les ovaires ! J'ai crié : « Oh ça, je n'en ai plus besoin ! » Mais d'après les analyses faites à l'hôpital Lacassagne, le cancer était à un stade très avancé, « Vos chances ne sont pas excellentes ». Dans un état second, je n'ai pas entendu cette condamnation, mais ma fille a enregistré la consultation pour la faire écouter à sa sœur à Paris. J'avais une peur noire de la chimio, après l'avoir vécue aux côtés de Jacques, pour qui ça avait été un martyre.

Georges est venu à Nice, m'accompagner à la première séance. Je trouvais tout merveilleux : le personnel, mon oncologue, ma voisine de chambre et son mari, et même le sandwich immangeable qu'on nous a gentiment offert à midi. Je m'attendais au pire en rentrant, comme dans *Cris et Chuchotements*, mais j'étais « Speed et soulagement ». Ce n'était que la première fois.

Quand on m'a opérée, à soixante et onze ans, j'ai dit à Georges : « Nous n'aurons pas d'enfants. » J'ai tellement maigri (mon rêve !), mais les premières rondeurs à partir ont été mes seins, et puis mes fesses. Ce n'est pas sexy de vomir, ni d'être constipée ou d'avoir la diarrhée. Des picotements aux pieds, le nez qui saigne. Et plus rien de ma libido chérie.

De quoi avoir peur quand le pire est déjà arrivé ? J'étais tout à fait sereine. Ou plutôt pas tout à fait. J'étais embarquée dans un monde parallèle. Les salles d'attente de l'hôpital Lacassagne sont des couloirs. Chaque chaise vissée au sol est occupée. On a l'impression que le monde entier a le cancer.

Toujours cette certitude : ce n'est pas à moi que ça arrive. Ce n'est pas le déni, juste une intime conviction. Pendant toute ma maladie, je me suis vue de l'extérieur. Il y avait le moi d'avant, en pleine santé, et le moi malade. Le moi malade n'était pas moi. C'était un robot qui obéissait aux ordres sans poser de questions.

Quel que soit le bon moi, il fallait se réorganiser, annuler les engagements, prévoir et caser les rendez-vous, s'habituer à une autre vie, savoir que les nuits après la chimio on ne peut pas dormir, ce n'est même pas la peine d'essayer. Ce sont les effets de la cortisone. On a fait tant de progrès pour réduire les effets secondaires de la chimio que ce ne fut pas le cauchemar que je redoutais. Le plus traumatisant, c'étaient les opérations, et surtout la salle de réveil et les soins intensifs. Puis la douleur d'après, la faiblesse, l'impuissance à entreprendre des activités pour sa propre survie.

Malgré l'esprit combatif, la peur s'infiltre. La peur de tomber puisqu'on n'a plus de sensation dans les pieds, la peur de souffrir, la peur de quitter cette vie adorable. La peur de ne pas avoir l'énergie pour continuer à vivre.

Et vieillir, alors. J'avais l'impression de me transformer en peu de temps, de passer d'une femme encore jeune à une vieille sorcière. Chaque pas devenait un exploit vertigineux.

La maladie ravage tout. Les cheveux, les ongles, la peau ! Le plus spectaculaire, ce sont les cheveux. Ils ont toujours été un grand sujet pour moi. Je me suis longtemps cachée derrière le rideau de ma frange. Je couvrais au maximum ce visage que je n'aimais pas. Mais le jour où il a neigé des cheveux, des cheveux dans la soupe, des cheveux sur l'oreiller, des cheveux partout, je n'ai plus désiré qu'une chose dans la vie : le retour de mes cheveux ! On a beau faire bonne figure, masquer sa gêne, s'efforcer d'être courageuse et angélique, être la patiente idéale, ne pas se plaindre, faire semblant de ne pas être affectée, perdre mes cheveux a été la cerise à l'envers sur le gâteau.

Ma petite-fille m'a dit : « Je vais te faire une coupe courte, de toute façon tu n'as rien à perdre. » On est allées guillerettes acheter une perruque. On a essayé d'être blonde ou rouquine, frisée, stricte ou fofolle. Mais j'ai suivi son conseil, choisissant une perruque mi-longue, brune comme ma « couleur de boue » habituelle. Conservatrice ! Il n'y avait que Georges pour me dire que j'étais belle avec la boule à zéro.

Lili avait organisé un roulement d'amis et de famille pour se relayer auprès de moi, semaine après semaine. J'ai survécu grâce à eux. Cela a été une année de fête, de cuisine, de rire. Souvent, n'ayant d'énergie que pour rester couchée, je pensais : « Quelle chance d'avoir un lit, une maison avec vue sur la mer, d'être encore un peu en vie. » Pour la première fois, je n'avais pas d'appétit, même quand Catherine, ma merveilleuse vieille amie parisienne qui a le culte de l'amitié, venait me cuisiner des merveilles. Je goûtais, et puis adieu – moi qui avais tant rêvé d'une petite anorexie. J'ai perdu tant de kilos, le rêve de ma vie : ça a été le régime le plus fabuleux et le plus facile. Pas de volonté requise.

Mais après la chimio, mon appétit est revenu au galop. Quand Nicole, ma meilleure amie niçoise, physicienne, qui connaît mes goûts simples, m'a apporté une baguette chaude, j'ai tout mangé. Quand David, mon chéri de neveu, un homme d'affaires, est venu d'Israël entre deux voyages et a fait un *cholent*, je l'ai dévoré avant qu'Effie ne le jette à la poubelle. Elle pensait que ce n'était pas bon pour moi. Je l'aurais tuée. Je suis éternellement en deuil du merveilleux *cholent* de mon neveu. Quand Carol est venue de La Nouvelle-Orléans, nous sommes allées rencontrer Nicole et Dan, mes meilleurs amis, et son frère Peter, de Miami, pour un couscous. J'aurais pu en manger plus mais j'avais honte de m'empiffrer devant eux. Dan m'avait souvent dit que je me suicidais par mes mauvais choix de nourriture. Le défilé d'amis était sans fin.

Curieusement, Georges savait rallumer la libido, même chauve. Encore un cadeau de la vie.

Peut-être que Jacques avait été plus honnête à râler, gémir et en vouloir à la terre entière, et à moi en particulier. Ce qui se passait à l'intérieur de lui se lisait dans chaque expression et chaque geste, comme s'il criait : « C'est mon malheur et je l'exprime comme je veux. »

Et moi, félicitée par les médecins, les copains, la famille comme une courageuse face à l'adversité, répétant que le mien était un cancer rose, n'était-ce pas un gros mensonge ?

Mais je croyais à mon propre mensonge, comme c'est souvent le cas. Une patiente rencontrée dans la salle d'attente de l'hôpital Lacassagne m'avait dit que le pire pour elle était la perte des cheveux. Je me disais : « Quelle imbécile ! Qu'est-ce que c'est quelques poignées de cheveux, par rapport à une vie qu'on va retrouver ? » L'histoire que je racontais, à moi et aux autres, c'est que j'adorais aller à l'hôpital. J'ouvrais grand mes veines à la chimio, je me lamentais les fois où mon hémoglobine trop basse me disqualifiait pour une séance. Ce qui est vrai, c'est que je me sentais chanceuse d'avoir droit à des soins si attentionnés, à cet excellent hôpital et à son équipe soignante formidable.

Mais sans perruque, j'étais monstrueuse et, avec, je ressemblais à ces femmes juives orthodoxes qui défilent à Williamsburg et à Bnei Brak. Ce signe extérieur de la maladie qui me rongeait n'était pas drôle. Pourtant je riais.

Quand quelques touffes de cheveux poussaient, je les décorais de nœuds et de fleurs, un arbre de Noël ambulant. Une amie m'a accusée de ressembler à un caniche. Chaque fois que je mettais la perruque, je pensais à ma sœur, morte depuis peu. Pour des raisons mystérieuses ou hormonales, elle avait perdu ses cheveux à vingt ans. Elle avait tout un magasin de perruques qui avaient viré au blond durant ses dernières années. Elle me regardait avec hargne en disant : « Tu ne peux pas savoir l'horreur que c'est de porter une perruque. »

Je le sais, maintenant !

Bien qu'en rémission spectaculaire et surprenante, ma vie est toujours médicalisée. Je suis dans un protocole de recherche clinique contre la récidive, ce qui implique la prise de trois pilules par jour, un scanner tous les deux mois, des contrôles toutes les trois semaines. C'est une chance d'être ainsi suivie. Je suis sûre que je reçois le placébo, mais seul le laboratoire pharmaceutique qui dirige l'étude le sait. À part cela j'écris, je lis, je regarde des films et des séries, je fais les courses, la cuisine, je parle plusieurs fois par jour à ma sœur, aux amis, aux éditeurs, journalistes, bibliothécaires. La vie est belle.

Je porte toujours un DVI, une chambre à cathéter implantée en haut de ma poitrine pour ne pas chercher une veine à chaque chimio, mais comme je n'ai plus de chimio et que la rémission semble durer, j'ai demandé à mon oncologue il y a quelques mois si on pouvait l'enlever. Elle a fait la moue en esquivant la question, ou du moins la réponse. Alors la conscience de la maladie s'est enracinée. J'aimerais autant le faire enlever, car je sais que je n'aurai pas la force de revivre une chimio.

Nous sommes tous des malades en perspective. On le comprend d'autant plus avec cette pandémie du Covid 19. On peut donner des consignes, des conseils, des recommandations, des instructions, des contraventions, mais j'ai l'impression que personne ne comprend vraiment en profondeur ce qui se passe et ce qu'il faut faire. Ça semble mystérieux, incompréhensible. J'ai lu *L'Empereur de toutes les maladies* de Siddhartha Mukherjee, la biographie du cancer écrite par ce chercheur en oncologie, un inventaire des erreurs et de ceux qui en sont morts à cause des pistes de recherche aberrantes, des déclics mensongers, des opérations fatales, de quoi avoir peur de se mettre entre les mains des médecins. Mais le meilleur conseil que j'aie eu est d'avoir confiance dans son équipe médicale et de rester positive. Ça a marché... jusqu'à maintenant.

Je ne peux pas être tout à fait d'accord avec les gens qui disent que c'est une chance de tomber malade, une richesse. (Mieux vaut tomber amoureux!) Les avantages sont qu'on gagne en empathie et en compréhension envers les malades. Et puis la gratitude envers la France, la Sécurité sociale, le personnel hospitalier, l'excellence des soins, la médecine. Chaque jour est un cadeau supplémentaire, on apprécie la vie dans toute sa magnifique banalité, même sans cheveux. Après l'ablation de ses seins, mon amie Gill, dans toute sa sagesse, m'avait dit : « Mieux vaut perdre un sein qu'une main. »

Plus que la douleur et l'inconfort, plus que le chamboulement de mes projets, voyages, rencontres, le pire, c'est la culpabilité. J'ai pensé que je méritais le cancer en « récompense » de tous mes excès, mon manque d'hygiène de vie, le fait d'avoir tourné le dos à toute activité sportive pendant une vie entière, une vie passée soit assise, soit couchée. La culpabilité envers l'État pour ce que je leur coûtais, envers mes petits-enfants que je privais éventuellement d'une grand-mère loufoque, envers mes amis que je savais attachés à moi, envers Georges, qui a été parfait, qui me soutenait, qui était présent, envers ma sœur qui me disait qu'elle ne pourrait pas me survivre, et bien sûr mes filles qui seraient en deuil (au moins pendant une semaine). Culpabilité envers tous les livres dans ma tête que je n'écrirais pas, envers mon hôpital qui avait tant investi en moi, envers la vie qui a encore tant à m'offrir.

J'ai perdu mes cheveux (mauvais), j'ai perdu vingt-sept kilos (bien), j'ai perdu les terminaisons nerveuses de mes pieds (mauvais), j'ai perdu l'appétit (bien, mais provisoire), j'ai perdu l'énergie (mauvais), j'ai perdu mes poils (bien), j'ai perdu mes sourcils et mes cils (mauvais). J'ai perdu des globules rouges et blancs (mauvais), j'ai peut-être perdu le cancer (bien) !

Après la chimio, on aurait pu croire que j'avais appris ma leçon. Les vingt-sept kilos sont revenus allégrement. On m'a conseillé de marcher une demi-heure par jour mais je n'ai jamais trouvé cette demi-heure. J'ai lu des livres sur les clefs d'une bonne santé parce que lire est quelque chose que je sais faire. Lu et approuvé sans pratiquer.

Mes cheveux sont blancs et je me dis que je suis enfin une blonde platine. Les bons côtés, c'est que je n'ai plus besoin de teindre les racines toutes les trois semaines (c'est un budget !). Je regarde encore les vitrines de perruques, mais je n'ai plus remis la mienne aux longs cheveux glamour, apportée par

Carol de La Nouvelle-Orléans. On ne peut qu'accepter le grand saut que ce que l'on appelle le crabe nous fait faire.

L'homme s'habitue à tout.

Mais quand je regarde des photos de moi il y a trois ans, c'est douloureux. J'étais encore une femme d'allure jeune. Je ne tombais pas à chaque coin de rue. Je sentais mes pieds. Mes genoux se pliaient encore.

L'éditeur Thierry Magnier nous salue souvent, l'illustratrice May Angeli et moi d'un : « Ça va, les vieilles ? » C'est supportable venant de lui. Mais quand un jeune auteur a dit, me voyant entrer dans un restaurant à Colmar : « Voici la vieille qui arrive ! » avec tant de méchanceté et de hargne, ça m'a rendue malade. Jusque-là, je ne me voyais pas comme « la vieille ».

Ce n'est pas un beau mot, à part pour des meubles ou du vin. C'est comme « veuve », qui fait « veule ». Ma sœur Sandra ne voulait pas vieillir alors elle est morte. Mon amie Perla a écrit un beau livre, *Les Promesses de l'âge*. Est-ce vrai ? À tout âge, vivre, c'est bon, mais qu'est-ce que ça promet ?

Quoi qu'il en soit, dès que je suis à mon bureau, à écrire mes bêtises, je suis éternellement jeune. Cette activité que je pratique depuis mes sept ans ne voit pas le passage du temps, ne reconnaît pas mes rides, mon immobilité croissante, mes cheveux blancs, mon ventre, mes doigts de pied en marteaux.

Je me demande si j'ai vécu un seul jour sans souci. Peut-être dans la petite enfance, peut-être parce que je n'avais pas conscience de grand-chose.

À l'école primaire, il y avait déjà le souci d'être la première de la classe : les interros, les rédactions, les *spelling bees*. Pourquoi fallait-il que je sois la chouchoute absolue ? Me ronger les nerfs pour un examen, une audition, un petit concours de rien du tout ? Je suis née absolument pas cool ! *Worrywart* ! Inquiète. Toujours à vouloir justifier mon existence au lieu de vivre ma vie.

Un discours à faire, un exposé et je ne dormais pas la nuit.

Et alors que j'avais une vie confortable au sein d'une famille exubérante, pas riche mais ne manquant de rien, j'étais sur les charbons ardents. Je me rappelle un jour de grosse neige, à l'annonce que les écoles étaient fermées, je l'avais regardée tomber par la fenêtre comme un gros cadeau. J'étais comblée. Le seul moment où j'ai baissé la garde, c'est peut-être dans la période chimio, où j'étais juste tranquille dans mon lit, à ne pas tenter d'exceller.

Est-ce qu'il y a une seule personne au monde totalement insouciante ?

Je me suis pourri la vie avec mon poids. La balance m'a jaugée et m'a jugée tous les jours de ma vie. J'ai l'impression d'avoir tout essayé. J'ai maigri d'une tonne, en kilos perdus et retrouvés. Ma discipline s'est appliquée ailleurs. Toute l'année dernière, je suis allée à l'hôpital de jour, aux séances de fitness et de nutrition où on nous apprend comment bien manger. On fabrique nous-mêmes les repas ensemble, toutes les grosses dindonnes de mon âge dans une cuisine modèle. Chaque plat est délicieux. Pendant le repas on parle de bouffe. On fait de l'aquagym, du Pilates, de l'équilibre, du théâtre, de l'art thérapie, on participe à des séminaires sur la santé, des consultations avec des psychologues, des médecins, des nutritionnistes. C'est un programme si bien pensé et complet, si parfait, avec un personnel compétent et agréable. Je n'ai pas perdu un gramme ! Mais j'adore y aller, tout en sachant que je suis blindée contre l'aide offerte, incapable de peser la nourriture et de calculer les calories requises dans une journée. Les contraintes ne sont pas mon fort. Je n'ai pas aimé les ateliers d'écriture où on nous donne des mots à utiliser, des jeux, bien que j'adore Georges Perec.

Je fais parfois des cauchemars, avant un simple dîner chez moi en compagnie d'amis. Pour moi rien n'est simple. Dans mon rêve, j'achète un poulet cacher qui ne veut pas rôtir, il se réduit à rien et il n'y a pas assez à manger. Je travaille des journées entières pour un simple dîner, dans une panique qui ne me quitte pas. Pour un dîner !

Je me fais du souci pour ma sœur chérie, diabétique, encore plus récalcitrante que moi vis-à-vis des efforts, qui me fait le compte rendu de ses repas au restaurant et chez ses enfants. Mais elle est plus sportive que moi, fait une demi-heure de vélo d'appartement quotidiennement. On se parle deux ou trois fois par jour, à partager chaque soupir. Elle est ma meilleure vitamine. Je n'imagine pas la vie sans elle.

Je me fais du souci pour mes amis : cancer, maladies diverses, troubles de la mémoire, insomnies, douleurs. Certains jours, il faut traverser une demiheure de récit de bobos au téléphone avant de se dire bonjour. Je redoute les enterrements. Je ne pense pas pouvoir supporter les adieux.

Je me fais du souci pour mes enfants et mes petits-enfants, mes neveux et nièces, mes petits-neveux et petites-nièces et leurs enfants, qui ont toute la galère devant eux : apprentissage, mariage, enfants, travail, carrières et simplement la vie au jour le jour.

Je me fais du souci pour Georges, à quatre-vingt-dix ans, à quoi peut-on s'attendre ? Un si beau cadeau dans ma vie récente, une présence de tous les jours, un calmant, un sage.

Je me fais du souci pour le monde, pandémie, politiciens corrompus, manque de chefs, intelligence qui s'effrite, pouvoir abusif, la Terre en déroute, le chômage, la faim, la guerre, et tout ça dans l'extrême confort de ma belle maison à Nice, au soleil.

D'où viennent ces insomnies, cette peur, cette angoisse ? Une amie qui se disait « fatiguée » s'est suicidée à soixante-huit ans. Je n'arrête pas de penser à elle, trois filles, onze petits-enfants, apparemment épanouie, un mari dont elle ne s'est jamais plaint. Comment ? Pourquoi ? On ne se voyait pas tous les jours mais ça me bouleverse.

Cherchait-elle l'insouciance ?

EXIL 16

Le nid vide

Les journées, les semaines étaient rythmées : les départs à l'école, la sortie, le conservatoire, les activités, chauffeur, cuisinière, blanchisseuse, ça remplit une vie ! Leurs triomphes, leurs défaites, leurs états d'âme, leur conversation, leur simple présence, leur glorieuse existence remplissaient la maison. Et puis plus rien ! Je me suis assise sur le lit de Lili et j'ai sangloté. Ma vie de mère s'était déglinguée comme un château de cartes.

Mes filles truffaient la maison. Elles étaient mon monde. Être mère est quand même provisoire, comme être danseuse ou sportif de haut niveau. Mais je ne le savais pas ! Les enfants partent. Le syndrome du nid vide existe. Et le pire, c'est qu'une fois qu'ils sont partis, ils ne reviennent pas. Peut-être qu'avec Jacques on aurait retrouvé une vie de couple pépère, mais qui sait ? J'ai été seule pour vivre cette retraite involontaire.

Il n'aurait jamais pu être question de ne pas avoir d'enfants. Être mère était une certitude, un désir primordial, une aspiration, un espoir. Et dès leur conception, ces bébés ont été accueillis et aimés. Si on peut juger la maternité par le degré d'amour, même si je mettais les couches de travers et s'il y avait des grumeaux dans la purée, même si j'étais paumée dans ce pays d'exil, j'étais une mère de vocation, au pire « suffisamment bonne », selon la formule de Winnicott. J'aimais chaque minute et chaque jour, même les mauvais jours de leur enfance et de leur adolescence. C'était le « travail », la passion, l'aventure la plus extraordinaire de ma vie. J'allais les chercher à la sortie de l'école comme on va à la rencontre d'un amant.

« Ce n'est pas facile d'être la fille de Susie ! »

On m'a rapporté cette phrase prononcée par une ex-amie pas très bienveillante à mon égard. N'empêche que c'est vrai.

Cette vérité a fait tilt et je me suis dit (enfin !) : « Oui, c'est difficile d'être l'enfant de qui que ce soit. » J'ai pensé à ma mère. Je l'adorais, mais il a fallu qu'un océan nous sépare pour que je puisse respirer et devenir. Et ma grand-mère disait, si on protestait contre l'un de ses conseils : « Je me tairai dans ma tombe. » J'ai toujours pensé que tout ce qui venait de ces mères était issu du haut du mont Sinaï, la sagesse ancestrale, et voici que comme d'un coup de matraque j'ai vu la lumière : il aurait fallu qu'elle la ferme AVANT de mourir.

Tout ce que les mères inculquent à nos cerveaux spongieux n'est pas taillé dans le marbre. Quelle révélation ! Il aura fallu soixante-quatorze ans pour lever le voile.

« Pas la peine d'y mettre TOUT ton cœur. » J'ai détesté cette consigne idiote, et heureusement que je ne l'ai pas suivie. N'empêche qu'elle a fragilisé une partie de ma volonté et ma propre connaissance de moi-même.

Pour moi, la maternité était active. Il fallait transmettre, imposer mes points de vue, leur apprendre à vivre, faire des clones. Sinon, on manquait à son devoir.

Et puis, en un déclic, les nuages ont été chassés, le ciel s'est dégagé et j'ai compris que j'étais enfin sevrée. Je comprends. Je finis par comprendre ce que Khalil Gibran avait essayé de me dire il y a longtemps :

« Vos enfants ne sont pas vos enfants. Ils sont les fils et les filles de l'appel de la Vie à elle-même. Ils viennent à travers vous mais non de vous. Et bien qu'ils soient avec vous, ils ne vous appartiennent pas. Vous pouvez leur donner votre amour mais non point vos pensées, car ils ont leurs propres pensées.

Vous pouvez accueillir leurs corps mais pas leurs âmes, car leurs âmes habitent la maison de demain, que vous ne pouvez visiter, pas même dans vos rêves. Vous pouvez vous efforcer d'être comme eux, mais ne tentez pas de les faire comme vous. »

Je l'ai récité à ma mère et puis j'ai oublié.

J'ai toujours pensé qu'il n'y a pas de retraite de la maternité. N'empêche que je suis désormais à la retraite de cet âge d'or, sereine, et dans l'espoir d'une relation équilibrée et bienheureuse avec mes enfants.

Pour ma défense, je rappelle qu'il n'y a pas de manuels expliquant comment être une bonne mère (ou une mère tout court !), pas de cours à l'université ou ailleurs, juste des tâtonnements. On va d'erreur en erreur – dans mon cas beaucoup d'erreurs. À défaut d'instructions, il y a le modèle maternel. Je pensais que ma mère avait tout fait bien. Elle m'avait enseigné la méthode : être mère, c'était être directive, détenir la vérité, orienter l'enfant dans la direction qu'elle jugeait bonne. L'enfant était de l'argile informe qu'on allait déposer dans un moule. Je n'avais pas le moule, j'étais à peine adulte, je savais seulement que l'enfant devait manger et il fallait lui donner un bain tous les jours. J'avais le livre du terrifiant Dr Spock, la « bible » américaine pour savoir comment élever son enfant. Il y est dit que les parents sont les patrons !

Ma mère parlait sans filet et sans censure, sans psychologie et sans crainte de blesser, alors je parlais ainsi à mon tour. Je disais tout ce que je pensais, qui était ce que ma mère pensait, ce que ma grand-mère avait pensé et sans doute ce que mon arrière-grand-mère avait pensé. Loin de moi l'idée que l'on pouvait changer de discours ou que les temps pouvaient changer. Mon idéal était la franchise, pas la diplomatie. Je n'étais pas consciente de ce que l'autre pouvait encaisser. Après tout, j'étais la mère !

Comme ma mère et ma grand-mère, je ne connaissais pas d'états d'âme. Si on avait un toit et assez à manger, on allait bien. C'était la loi. On était bienheureux parce qu'on n'était pas dans un camp de concentration, on n'était pas des réfugiés opprimés, on n'avait pas de leucémie. Je minimisais toutes les émotions négatives d'un « N'y fais pas attention, ça passera, ce n'est rien ! » ou « Il n'y a pas de quoi être triste ». Quelle erreur !

Nos enfants étaient notre propriété personnelle, une chasse gardée, une banque d'espoir. On n'arrêtait pas d'investir en temps, en argent, en rêves de réussite phénoménale, sans se demander quelle était la véritable définition de la « réussite ». Sans essayer de les comprendre !

J'étais une mère imprésario. Il fallait que mes enfants soient des musiciens, fassent des claquettes, du théâtre, de grandes études et lisent beaucoup. Les sports et la nature étaient en dehors de ma sphère de désir. Mayah voulait faire de la batterie, je l'ai équipée. Ça n'a pas duré. Le piano non plus, ni le violon, ni l'alto. Elle m'en veut encore : « N'as-tu pas vu que j'étais nulle ? »

Je n'ai pas vu ! Un proverbe yiddish proclame : « Une mère est voilée ; elle ne voit pas les défauts de ses enfants. » Je n'ai pas vu le moindre défaut. Peut-on accuser un aveugle de ne pas voir ? Si un enfant mange bien, dort bien, sourit, brille à l'école, a des amis, comment soupçonner une panne ?

J'aurais pu peut-être simplement écouter ? Sourde en plus d'être aveugle !

J'étais sûre de faire un maximum en poussant mes enfants mais je n'ai fait que répandre le stress et la frustration. Mayah sortait de chaque cours en pleurant. Je pensais que c'était juste un petit inconvénient de la pédagogie française. Moi, j'avais appris la musique dans la joie. Alors j'insistais ! Oh, je déteste les mères comme moi !

Malgré mes remarques qui tuent, mon ambition démesurée, ma vision aveuglée par mon propre passé, et grâce à de l'amour en quantité exponentielle, d'une façon ou d'une autre, mes filles ont grandi.

Je n'ai jamais tourné ma langue quatre-vingts fois dans ma bouche avant de cracher des crapauds et des serpents. Je ne me souviens pas de tout ce que j'ai pu dire de travers. Les gaffes qui me viennent à l'esprit :

Oh, que l'on s'est arraché les cheveux quand Lili a rencontré Philippe ! Il avait quatorze ans de plus qu'elle, était le père d'une fille qui avait presque son âge, il était catholique, bien que laïc, mais quand même pas juif. J'ai pleuré, Jacques essayait de toutes ses faibles forces de la dissuader, on se lamentait, on a supplié et, heureusement, elle s'est battue pour son amour et pour le meilleur mariage qui soit. Avec, pour résultat, deux enfants performants et épanouis. Et Philippe est mon meilleur ami au monde.

Sans doute ma plus grande erreur fut de materner en fonction de moi et pas d'elles. Un exemple récent : j'ai lu, de Viktor Frankl, *Découvrir un sens à sa vie*. Ce livre a eu un tel impact sur moi que j'en ai acheté un exemplaire pour chacun de ceux que j'aime, mes enfants, mes petits-enfants. Mayah m'a dit qu'elle ne pouvait pas le lire et qu'elle allait me le rendre. Je me suis sentie rejetée, avant de me rendre compte que le titre du livre pouvait lui sembler une critique de sa façon d'être. N'est-ce pas lourd, d'offrir à quelqu'un de découvrir un sens à sa vie ? Comme s'il n'en avait pas déjà un !

Je voulais transmettre mon éthique du travail, de l'hospitalité, mon amour du judaïsme : cela me faisait de la peine qu'elles ne soient pas comme moi. Je commence à m'éveiller au fait qu'elles sont autres que moi, et aussi bien ou meilleures que moi.

Je ne concevais pas d'alternative à être mariée et avoir des enfants. La question que je ne pose jamais à mes nouvelles connaissances c'est « Avez-vous des enfants ? », tant je prends au tragique une réponse négative. C'était le but de toute ma vie, ma gloire, mon bonheur, ma récompense, mieux que tout, mieux que cent cinquante livres écrits, bien que je commence à penser autrement. Peut-être qu'on peut vivre sans ?

Je ne sais pas quoi faire avec cette culpabilité qui me ronge.

J'aimerais trouver la méthode pour être courageuse et réparer le mal, mais je n'ai pas d'idée. Penser que l'on peut faire souffrir ses enfants est ma crainte la plus intense. Combien j'aimerais être bonne, bienveillante, altruiste, empathique. Une mère c'est ça, n'est-ce pas ?

Mon échec en tant que mère est mon pire exil.

Peut-être que j'ai corrigé mes erreurs de mère en passant à l'état de grand-mère. La véritable beauté de l'âge, la grande récompense, c'est d'être grand-mère, d'être témoin à distance de cette promesse. Je me suis totalement identifiée à Madame K dans un album de Wolf Erlbruch, *Remue-ménage chez Madame K*, une femme exactement comme moi, qui s'inquiète tout le temps et qui sait qu'à la minute où elle s'arrête de s'inquiéter, le monde s'arrête de tourner. Cette obsession se poursuit autant avec les petits-enfants qu'avec les enfants, ainsi qu'avec tous ceux qui m'entourent.

Ma petite-fille Yona, fille d'Aliyah, est née juste après la mort de Jacques. J'ai transféré mes soucis sur elle. J'ai pris l'avion avec sa tante Mayali pour faire sa connaissance, mais à cette distance et sans la vie au quotidien, on fait connaissance plus tard. Quand je venais à Paris, elle ouvrait la porte et criait « Non ! Pas ça ! » (à moi ! la gentille grand-mère !). Elle ne me supportait pas, parce que j'insistais pour lui parler en anglais, d'après les instructions de sa mère, Lili. Elle me répétait « BLA-BLA-BLA ! »

Passons !

Je lui ai offert pour son bac une semaine à Londres avec sa vieille grand-mère à la remorque. J'ai réservé les billets pour des comédies musicales tous les soirs. Et puis j'ai eu un doute : « Et si tu n'as pas le bac ? » « Bubie, me répondit-elle, il n'est pas question de ne pas avoir le bac avec moins que la mention "très bien". » Elle avait raison. On a pris l'Eurostar. Elle naviguait partout avec son téléphone, je n'avais qu'à suivre. Musées et shopping le jour, restaurants, théâtre le soir. Elle était indulgente envers moi, mon humour pas toujours à son goût, mes commentaires, mon côté flamboyant, mes ronflements. Un beau souvenir malgré mes tares.

Je lui ai proposé après ses classes préparatoires de la payer pour qu'elle passe le concours de Polytechnique (comme son grand-père), mais elle a dit qu'elle perdrait un temps précieux et qu'elle préférait préparer l'école qu'elle voulait. Elle l'a eue et elle y a été heureuse. C'est bon de savoir ce que l'on veut et de s'y atteler.

Noam, fils d'Aliyah, le si bien nommé, mélodieux, agréable, une âme affectueuse, on pourrait tuer pour passer quelques secondes dans ses bras. À cinq ans, il a pris l'avion tout seul pour venir à Nice. « Tu avais peur ? » « Non parce que je savais que la première personne que je verrais à l'aéroport serait toi. » Nous sommes tout de suite allés manger chez mes amis Dan et Nicole. « Oh, je suis content de revoir Bibop (le chien). » « Noam, il faut que je te dise, Bibop est mort. » « Quel dommage ! J'aurais aimé être là à son enterrement. » « Pourquoi ? » « Parce qu'un jour je serai obligé d'enterrer mes parents et je ne sais pas comment faire. » Noam est toujours étonnant.

J'envoie tous les jours aux trois aînés de mes petits-enfants mon journal intime, avec deux poèmes (français et anglais). Noam est le seul à commenter. « Tu es mon poète préféré ! » Quand j'ai écrit *iM@mie* (sur lui !), il m'a téléphoné : « Je suis dans un très bon endroit, dans le train avec ton livre. »

Oh, je m'inquiétais ! Ses parents criaient toujours « Noam ! Dépêche-toi ! » Il avait trop de mal à déménager son corps jusqu'au lycée.

À lui aussi j'ai offert un voyage avec sa grand-mère. L'Irlande que j'aime tant. Lui non. Il m'a demandé un saxophone à la place. Il est excellent pianiste. Et il travaille dans l'informatique.

Le plus grand moment de ma vie a été notre performance au Musée d'art et d'histoire du judaïsme de Paris. J'ai lu mon livre sur Gershwin, Noam était au piano, Yona chantait et Lili jouait de la flûte.

Enfin, Emma. Lors de sa première année de fac, elle vivait dans le cabinet médical de sa mère, mais comme cette dernière voulait reprendre son travail de médecin, Emma est venue chez moi. J'avais peur parce que je vis seule depuis vingt-six ans, à mon rythme.

Sa venue et sa personne sont la surprise de ma vie. Je la croyais apathique et voilà qu'elle est passionnée. C'est aussi une cheffe végane trois étoiles. Responsable, elle assume des corvées sans que je le lui demande, poubelle, lessive, vaisselle et bien sûr les repas. J'ai l'impression de lui faire du bien, tout comme elle me fait du bien. Une vraie complicité et du bonheur. Je lis les livres qu'elle a sur sa liste de cours, on regarde ensemble les films. Elle m'apprend beaucoup et c'est peut-être réciproque. J'ai entièrement confiance en son intelligence, sa sensibilité.

Sacha, mon plus petit petit-fils, est le seul de mes petits-enfants qui lise. Il a lu TOUS mes livres. Il lit aussi des gros pavés. Il lit tout le temps. Ayant été malade, il n'est pas scolarisé. Il est brillant. Son premier mot, à neuf mois, fut « extincteur ». Quand il vient manger chez moi, il dit systématiquement « C'est le meilleur repas de ma vie ! » Il n'est pas avare de ses « merci ! ». Il a écrit cette année un poème :

ATTENDRE SANS ATTENDRE
SUSPENDRE LE TEMPS
HABITER L'ÉTERNITÉ

ATTENDRE SANS ATTENDRE
SE SURPRENDRE
SANS ESPOIR NI REGRET
NI FUTUR NI PASSÉ

ATTENDRE SANS ATTENDRE
À TOUT PRENDRE
NE JAMAIS SE LASSER
JUSTE RECOMMENCER

ATTENDRE SANS ATTENDRE

J'ai inventé un mot, dans mon livre *Tes seins tombent* : « grandmerder ». Je n'en fais pas trop, mais quelle aubaine dans ce début (milieu ? fin ?) de vieillesse ! J'ai appris le secret de la maternité efficace avec mes petits-enfants. Leur faire confiance !

EXIL 17

Faire le deuil

Il n'y a pas de mots qui résonnent mieux en moi qu'« ami » et « sœur ». Comme la famille était loin, les amis sont devenus la famille. Un ami implique un énorme investissement d'écoute, de temps, de souci, d'amour, de joie. Jacques disait qu'il fallait se débarrasser de l'un avant d'en prendre un autre, car il n'y a pas assez de place dans le cœur pour en avoir trop. Mais quand on en perd un, il est irremplaçable. Ces disparus font de moi un cœur en exil.

Il y a un grand cimetière dans mon cœur. Dans ce cimetière, il y a tous les exils : l'enfance lumineuse dans cette famille délirante, la petite ville de Belleville, si tranquille, arborée, et même une petite part de nostalgie pour les lumières de Noël chez les voisins italiens, leurs crèches et leurs décorations kitsch et dingues. L'École publique numéro 5, où apprendre à lire et à écrire était un tel régal, la yeshiva de Newark, qui a élevé ma vie à un niveau plus spirituel, la Belleville High School, ma plateforme pour briller, l'orchestre de jazz, le journal, l'université où je buvais les paroles de mes profs, Jérusalem dorée, projetée que j'étais dans le passé antique et l'avenir amoureux, Jacques, Jacques ! Et encore Jacques.

Mariage, maternité, domesticité. La France des frustrations, puis de l'adaptation, et de l'appréciation. L'enfance de mes enfants, une nostalgie permanente, tellement pleine de promesses, de bonheur, d'amour. Les attendre au conservatoire en prévoyant leur avenir de concertistes ou à la MJC, sortant du cours de claquettes, mes filles maladroites en Fred Astaire et Ginger Rogers.

Mes sœurs, oh, mes sœurs, toute une vie de mes sœurs ! Toutes ces minutes hilarantes, toutes ces heures, ces journées, ces semaines dont on ne retient que le plus gros, et encore. Toutes les conversations, les conférences, les disputes, les discussions, les cours, toute la parole envolée. Toutes les larmes évaporées. Tous les dîners engouffrés. Les fêtes : Yom Kippour, le jeûne terrible, Souccoth dans la cabane, Chanukah, cadeaux et bougies, Pourim et la reine Esther, les déguisements, la Pâque, le ménage, les *seders* avec Noam, petit garçon, qui dit à la fin : « Ouf ! On est libérés ! » Les voyages, où, quand ? Oubliés. Les quelques randonnées. Les gens, rencontrés brièvement ou longuement et dont on ne se souvient pas.

La maladie, un vague souvenir alors que c'était dramatique, brûlant, effrayant. Et mes morts : la belle femme qui a partagé ma chambre en chimio à Lacassagne, Mme Benzaquen, jeune, vigoureuse et morte. Tous mes morts : grands-parents, parents, sœur, Jacques, Gill, Léna, eux au moins toujours présents en moi. Anne Frank et ma famille élargie assassinée, oui, avec moi ! Et puis l'écriture de mes livres : *Premier amour, dernier amour* (Jacques ne voulait pas que ce soit publié et l'éditeur l'a convaincu), *La Sixième, Joker, Lettres d'amour de 0 à 10, Touche-moi, Carnet de l'apprenti écrivain*, l'écriture de tous mes livres, chacun une flèche qui essaie de se diriger vers le cœur des enfants qui vont les lire. Le travail avec les éditeurs : Arthur, Béatrice, Eva, Thierry, Michèle, Sylvie. Les coups de fil, le bouillonnement. Pourvu que je puisse encore en écrire, tellement d'idées se bousculent et s'accumulent dans ma tête.

Le choc de la mort des plus proches bouleverse l'équilibre établi. On sait que la mort est inévitable mais quand ça arrive, on ne peut pas le croire. Je me languis d'eux, mes morts : Lena était une vieille amie, mais pas si vieille. Avant de partir en vacances dans son Danemark natal, je lui ai demandé si elle s'était maquillée. Ses paupières étaient violettes. Deux semaines plus tard, sa fille nous a fait savoir qu'elle était morte d'un cancer pancréatique fulgurant. Puis il y a eu Alice Tubiana, mon amie Gill, mon beau-frère Jojo, ma grande amie et merveilleuse agente littéraire Michelle Lapautre...

Nous sommes allées en Ukraine en 2014, mes sœurs, Georges et moi, en visite guidée de nos racines. Ma sœur Sandra, toujours bien habillée, maquillée, coiffée, ressemblait à une dame Pipi russe. Pendant ce séjour, elle s'est complètement laissée aller, alors que son apparence était si importante pour elle. Cette sœur tellement belle et folle se couchait au dernier rang du bus. On traversait ce vaste pays et elle n'écoutait pas le guide passionnant qui nous racontait les histoires des grands écrivains quand on passait devant leurs maisons. Le guide était professeur de littérature yiddish à l'université de Tel-Aviv, mais, pour Sandra, ce voyage était un chemin de croix. Elle disait qu'elle était en train de mourir, ce qu'elle répète tout le temps depuis sa naissance. Comme une petite fille qui crie au loup. Mais c'est sûr qu'elle était faible, que Georges la descendait et la hissait dans le bus, qu'elle a perdu l'équilibre plusieurs fois, qu'elle a fait tomber son plateau du petit déjeuner. Elle tenait des propos incohérents. Elle nous a déclaré : « Un jour, vous allez comprendre que je suis une grande courageuse. » Notre sœur Effie insistait pour la ramener à la maison en Israël, mais elle ne voulait pas bouger. Quand enfin le voyage s'est terminé, elle est entrée tout droit à l'hôpital de Tel-Aviv. Pour mourir quelques semaines plus tard d'une maladie non diagnostiquée.

Mon amie Gill tenait une place énorme dans ma vie, pratiquement depuis mes débuts à Nice. Elle m'avait invitée, comme personnalité anglophone, à faire une conférence à IBM où elle travaillait. L'amitié fut comme un coup de foudre. À mon tour, je l'ai engagée pour enseigner l'anglais avec moi à la faculté de sciences de Nice. On a semé le chaos dans nos classes. Je lui ai proposé d'écrire un roman qui commencerait en français et irait progressivement vers l'anglais. Nous avons écrit quatre romans de la série « Alibi » en pleins fous rires, lors de nos séances de travail et au téléphone plusieurs fois par jour. Gill est devenue rapidement plus qu'une amie, une âme sœur. Anglaise. Nous parlions « patois » ensemble. Elle devait se faire opérer d'une valve mitrale défectueuse, apparemment une spécialité de famille. Elle était toujours exagérément essoufflée quand elle montait mon grand escalier. J'étais consciente que venir chez moi était pour elle un acte de courage et de dévouement.

La date de l'opération était prévue et elle devait entrer à l'hôpital. Je lui ai téléphoné le dimanche pour lui souhaiter chance, courage, et toutes les autres âneries de service que l'on sort pour l'occasion. « Tu as intérêt à survivre, lui ai-je dit, car je ne peux pas vivre sans toi. » Elle m'a rassurée énergiquement : « C'est rien ! Ma sœur l'a fait, ma mère, mon frère. » On parlait de nos projets et de notre programme de festivités à la maison de convalescence. (On devait finir d'écrire un livre que nous avions commencé il y a des années. *Mmiamm miamm*, un roman sur une cantine scolaire pourrie.)

Le lendemain, elle m'a informée que l'opération était reportée parce qu'ils avaient eu plusieurs urgences. Je trouvais cela décevant car elle s'était préparée mentalement et, personnellement, j'avais hâte que l'opération soit terminée. Mais elle était guillerette, contente : « J'ai cette semaine supplémentaire à vivre ! m'a-t-elle dit. Un bonus ! »

Nous nous sommes parlé chaque jour, entre l'opération initialement prévue et celle à venir, et c'était Gill qui ME consolait, me rassurait, me calmait. « Ce n'est rien ! » me répétait-elle.

Elle m'a prévenue qu'elle ne voulait pas de visites. Après mes cinq opérations, je l'ai bien comprise. Je n'avais pas envie de me montrer sociable à l'hôpital et je n'étais pas en beauté ! Mais elle m'a offert des moyens de communiquer, surtout par SMS.

Gill avait subi d'autres opérations, elle avait eu deux cancers du sein avec ablation, chimio et tout ce qui va avec, la première fois tout juste après la naissance de Boris, qui était encore un bébé. Après une des opérations, elle m'avait téléphoné des soins intensifs pour me dire qu'elle savait que j'étais inquiète mais qu'elle allait très bien, l'intervention était réussie.

Là aussi, à peine remise de cette opération du cœur tout de même délicate, elle m'a écrit qu'on avait pu réparer la valve. Nous avons fait un ping-pong de SMS, dont un où elle a écrit : « Je vais bien ! Sortez-moi d'ici ! » Elle n'était pas fan de l'hôpital, où on l'infantilisait. J'étais à Neuchâtel, je devais ensuite me rendre à Paris.

Et puis les SMS se sont arrêtés. Je me suis dit qu'elle avait le droit d'être fatiguée un jour entier, après une si lourde opération. Mais j'ai téléphoné à son compagnon, Fred, pour avoir des nouvelles.

Des morts, il y en a eu dans ma vie mais elles étaient plus ou moins prévues, dans l'ordre des choses, après des maladies sans recours. Ce fut le pire moment de mon existence : je fus comme poignardée, amputée, dépourvue, incrédule. Gill avait six ans de moins que moi, et était tellement positive, forte, déterminée, heureuse de vivre. Drôle, possédant tant de sagesse, d'intelligence, de culture, d'humour, de bonté. Elle était ma libraire et ma bibliothécaire, m'apportant de bons livres au bon moment. Je savais que je n'allais jamais me résoudre à l'accepter. J'ai dit à Fred, à travers nos voix hachées de larmes, de m'avertir quand il saurait, pour l'enterrement. Il ne savait pas ce qui s'était passé et je pense que nous ne le saurons jamais.

Mon amitié avec Gill date du début de mon installation en France. Elle avait vu grandir mes enfants, qui partageaient mon amour pour elle. La première question de mes petits-enfants parisiens, quand ils arrivaient à Nice, était : « Quand est-ce qu'on va voir Gill ? »

Il fallait que j'annonce à ses admirateurs fanatiques et aux amis communs la mauvaise nouvelle. Comment faire ? J'ai commencé par ma fille Lili. Elle avait beaucoup travaillé avec Gill, elle l'aimait. Elle lui avait parlé une dernière fois juste après l'opération, avant de s'envoler pour Moscou rejoindre une équipe de recherche. Elle a crié au téléphone : « Non ! » Elle devait à son tour le dire à ses enfants. Noam était tellement attaché à Gill qu'il lui avait écrit avant l'opération. Yona a pleuré sans fin. Même ma Mayah éloignée a répondu à mon SMS : « *Sooooooo sorry* ».

Je suis rentrée à Nice entre deux réunions « importantes » à Paris pour communier une dernière fois avec cette amie si chère. Philippe, mon excellent gendre, m'a accompagnée pour m'aider à me tenir debout.

Gill aurait aimé la cérémonie, et tous ces témoignages affectueux. Est-ce la mesure d'une vie réussie ?

La mort de Gill a été un vrai tournant dans ma vie. Elle aussi était ma sœur.

Mais la foule qui s'est réunie dans sa belle maison à Saint-Paul-de-Vence m'a posé une colle. Je ne connaissais personne, à part ses frères et sa sœur, son fils Boris et les filles de Fred.

Pourquoi Gill avait-elle gardé ses différents groupes d'amis si étanches ?

Il y a Jojo, enfin, Joseph, qui était physicien, le frère aîné de Jacques, mort il y a deux ans, vingt-cinq ans après son cadet.

Jojo est entré dans ma vie quand j'ai épousé son frère Jacques. Il m'a envoyé un bouquet de mariage pour aller avec ma robe blanche, c'était la première personne qui m'envoyait des fleurs.

Quand on est arrivés en France, on a été hébergés une semaine chez Franca et Jojo à Antony, avec leur petite Denise et bébé Muriel. On se parlait par gestes car je ne connaissais que trois mots en français et on ne peut pas remplir une conversation seulement avec des « bonjour » et des « merci ».

Bien que Jojo eût gagné le concours du plus beau bébé de Nice dans les années trente, bien qu'il fût beau gosse encore à trente-deux ans, pour moi l'Adonis c'était Jacques.

Jojo venait d'avoir son permis de conduire et avait acheté une voiture qui était ridicule pour moi l'Américaine, une 4L. Au moment de ses vacances d'été, il a fièrement conduit sa famille à

Saint-Martin-d'Entraunes, où nous avons tous passé le mois d'août auprès de son père et de sa mère. Nous avons fait des randonnées avec Lili et Muriel sur le dos. J'avais toujours l'impression que Jojo pensait à la science physique quand il conduisait.

Il me faisait peur car j'étais encore sous l'emprise de l'idéologie politique des États-Unis (« *Better dead than red*, Plutôt mort que rouge ») et je savais que Jojo était – oh ! horreur – un communiste. Les retrouvailles avec Jacques suscitaient de grandes disputes philosophiques. Mais Jacques n'a jamais oublié combien son grand frère l'avait protégé pendant les années de guerre, dans leurs cachettes, quand leur père avait été déporté et que leur mère se terrait à Nice.

On dit que quand quelqu'un meurt, c'est toute une bibliothèque qui brûle. Jojo (je ne l'ai jamais appelé Joseph) était la mémoire de la famille. Il se souvenait de tout : des dates et des faits. À qui va-t-on demander des précisions, maintenant ?

La famille de Jojo passait toutes ses vacances à Nice, au début chez nous et après dans leur propre maison, attenante à la nôtre. J'ai encore l'écho de Jojo appelant avec sa voix tonitruante sa femme, « FRANCA ! » pour lui rappeler de mettre la table.

Franca et moi n'avons pas choisi la facilité en optant de vivre avec les frères Morgenstern, leurs grands cerveaux, leurs grands bobos et blessures, Jojo soupe au lait, Jacques dépressif. L'autre différence, c'est que Jojo avait plein de certitudes alors que Jacques était rempli de doutes.

Après quelques tentatives, je n'ai plus osé discuter avec Jojo. Je savais que je ne pouvais pas le convaincre, ni lui moi, sur des sujets émotionnels comme le judaïsme et Israël. Mais ne pas être d'accord n'élimine pas la tendresse.

Il participait à mes *seders* en ronchonnant et en murmurant que ce n'était rien qu'un bobard, il n'y avait aucune mention historique de la libération des juifs d'Égypte, mais il souriait quand on chantait, surtout quand Franca chantait sa version vénitienne de « Chad Gadya » : « Capretto ». J'étais jalouse du regard d'amour intense qu'il avait pour elle. Moi, je travaillais des semaines pour nettoyer la maison et préparer ce repas, et Jacques ignorait mes efforts. Je me suis promis d'apprendre à chanter « Capretto ».

À la mort de Jacques, Jojo m'a aidée à gérer les formalités. Il m'a souvent dit : « La mort de mon frère est la pire épreuve de ma vie. » Je marchais avec lui dans Nice après la *Shiva*, les sept jours de deuil. Il s'est tourné vers moi et il m'a déclaré : « C'est toi qui as tissé toutes ces relations d'amitié. Mon frère a eu beaucoup de chance de te rencontrer. »

Et lui a eu l'énorme chance de vivre avec Franca, qui a su ne pas le froisser et subir ses colères.

Forcé de prendre sa retraite, Jojo a été bien malheureux. Il avait besoin de son laboratoire à Saclay et de ses machines pour continuer ses recherches. N'empêche qu'il a continué à y aller et a ensuite persisté chez lui : il a eu raison, puisqu'il a fait une découverte en physique nucléaire. Il a été invité et honoré, et Saclay lui a redonné la clef de son bureau.

Jojo est fortement présent dans mon cœur, mais les dernières années, lui cloué à Burcs et moi malade à Nice, on ne s'est pratiquement pas vus. N'empêche que je pensais à lui dans son fauteuil roulant et, même s'il ne croyait pas au paradis, j'espère qu'il a roulé jusque-là. Il a eu une récompense en mourant si gentiment, si idéalement dans son sommeil.

C'est quoi une vie? C'est éblouissant, splendide, magnifique! On vit! Est-ce immatériel puisque ça passe comme un souffle? Vivre sa vie! Quelle immense ambition, quel projet, quel travail! Pourquoi ne suis-je pas née zen? Vivre le moment sans ce désir débordant d'en tirer le maximum. Regarder le ciel, la mer, les badauds, se contenter de respirer, de se nourrir, de dormir. Ne pas être boulimique de livres, de films, de rencontres, de pays, de mots, de musique, de restaurants, de chaussures taille 43, de robes en solde, d'hôtels, ne pas être obsessivement à l'écoute des informations, des titres des journaux, du monde misère, des podcasts littéraires et philosophiques, des séries, des coups de fil.

Le besoin impérieux de maximaliser chaque unité de temps, ogresse, monstresse, sorcière, vampire. Juste sereine, calme.

Qui est l'être heureux ? Celui qui se contente de ce qu'il a.

EXIL 18

Mourir

La mort est la compagne de mes nuits d'insomnie, tout aussi présente que mes soucis quotidiens du lendemain.

On meurt tant de fois dans une vie. Combien de neurones en moins tous les jours, combien de muscles en moins, combien d'allers-retours en moins, on a moins de force, d'énergie, de désir, d'envies, d'enthousiasme, combien d'amis disparaissent, de membres de la famille, combien d'au revoir, combien de dernières fois ? Combien de minutes, d'heures, de jours et de semaines, perdus et oubliés ? Combien de livres, de films, de spectacles, morts pour nous ? À quoi ça sert une vie si on oublie tout ? Vivre, minute après minute. Vivre !

L'ultime exil, on essaie tous de ne pas y penser. Mais quand on arrive tout près, c'est difficile. Ma prière quotidienne à je ne sais pas qui, sinon à moi-même, c'est restons là dans cette vie dont on se plaint mais qu'on aime tant-tant-tant. J'exulte chaque matin d'être en vie – depuis que je suis petite fille, je dis au réveil, dès que j'ouvre mes yeux, *Modeh ani*. « Merci d'être en vie ! » Tous les jours de toute ma vie. « Je te remercie, ô roi vivant et éternel, de m'avoir restitué mon âme. » Et même si je ne connais pas ce roi vivant et éternel qui est censé faire monter notre âme vers les cieux pour la recharger comme une pile et, si on a de la chance, la rendre à nos corps comme une renaissance, un renouvellement de notre bail, tous les jours, j'aime le dire. « Merci » est mon mot magique.

Il m'arrive de programmer mon enterrement de rêve, officié par Delphine Horvilleur, belle rabbine lumineuse, une sage, avec chansons, musique, discours, puis les retrouvailles avec Jacques cimetière de l'Est, à Nice. La mer au loin. L'épitaphe : « Mère, grand-mère, écrivain. Elle a fait de grands efforts dans les limites de son possible. A aimé la vie ! » Mes filles trouveront mieux ! Elles sont plus intelligentes et sensibles que moi, je leur fais entièrement confiance. Elles ne sont pas devenues concertistes ou danseuses de claquettes, mais elles sont l'amour de ma vie, me remplissent d'admiration, de fierté, d'extase même. Si je n'étais pas la mère qu'elles recherchaient, elles furent les filles dont j'ai rêvé. Pour mes soixante-dix ans, elles m'ont invitée à l'hôtel Cap Estel, au bord de la mer, à Èze – massages, déjeuner au jardin, une fille à gauche, une à droite, moi au milieu du trio dans une proximité de cœur. Rien au monde ne pouvait être meilleur que ce moment.

Que l'enterrement soit gai et souriant. On peut y jouer Jacques Brel (« Ne me quitte pas »), Brassens, Barbra Streisand (« People »), Gershwin (« Someone to watch over me »), Bernstein (« I Feel Pretty »), « I'm Just a Girl Who Can't Say No », « Make 'Em Laugh », « Somewhere Over the Rainbow ».

Que chaque personne qui a envie de dire quelque chose, une anecdote, une histoire, un témoignage, le dise. Ou pas. Je sais que j'ai tort mais je n'ai jamais aimé le silence.

Que toute tristesse soit chassée. On vit et on meurt. C'est comme ça. Mes filles, mes petits-enfants sont la continuation de ma joie de vivre. Ce qui me fait le plus de peine, ce sont les larmes de mes petits-enfants. Ne pleurez pas ! Personne ne sort d'ici vivant. Vivez vos vies, profitez de chaque moment, épanouissez-vous, apprenez le plus possible, ouvrez-vous, aimez ! Vous pouvez lire mes livres, mes lettres, mes journaux « intimes » pour rester un peu avec moi.

J'aimerais que la semaine de *Shiva* soit à l'image de celle qui m'a sauvé la vie après la mort de Jacques, avec la maison toujours pleine de monde. Beaucoup de rires. Mais qui viendrait ? Je n'ai pas de vie communautaire. J'ai trop décroché de la communauté juive. Ne vous cassez pas les pieds avec ça. Ce sera ce que ce sera. Et la vie continue.

Je regrette de vous laisser une pagaille de papiers à ranger, trier, jeter – je suis une femme qui vit dans le papier, noyée dans des papiers ! Papiers administratifs, manuscrits avortés, lettres, cartes postales, livres, magazines. J'ai fait plusieurs tentatives pour ranger. Je dis bien des « tentatives » !

Je regrette de ne jamais avoir pu faire des démarches administratives, de ne pas comprendre la bureaucratie française. Je vous laisse vous débrouiller.

Je regrette de ne pas avoir pu maigrir comme vous auriez tant aimé que je le fasse. Je vais bien maigrir, maintenant. J'ai essayé toute ma vie. J'ai échoué à ce que vous avez réussi. Vous êtes plus fortes que moi !

Je regrette de ne jamais avoir fait de sport. Peut-être aurais-je eu quelques années de plus si j'avais eu une hygiène de vie acceptable.

Je regrette de ne pas avoir pu dépenser l'argent comme vous me l'avez conseillé.

Je laisse des toiles d'araignées, des livres, des fringues XXL, quelques bijoux modestes, mais mes bijoux éblouissants, c'est vous !

Ah, oui ! J'ai vécu. Merci. MERCI !!!

DE LA MÊME AUTRICE

Dix livres jeunesse incontournables

La Sixième, L'École des loisirs, 1984

Premier amour, dernier amour, Gallimard Jeunesse, 1987

Lettres d'amour de 0 à 10, L'École des loisirs, 1996

Joker (illustrations de Mireille d'Allancé), L'École des loisirs, 1999

Tes seins tombent, Actes Sud Junior, 2010

La Famille trop d'filles (série – illustrations de Clotka), Nathan, 2012

Mr Gershwin : les gratte-ciels de la musique (illustrations de Sébastien Mourrain), Didier Jeunesse, 2015

Le Carnet de l'apprenti écrivain (illustrations de Theresa Bronn), La Martinière, 2016

La Petite Dernière (traduit de l'anglais – États-Unis par Lilas Nord), Nathan, 2017

Touche-moi, Thierry Magnier, 2020

Pour les adultes

Jacques a dit, Bayard, 2015

Fleurs tardives, Bayard, 2018

L'EXEMPLAIRE QUE VOUS TENEZ ENTRE LES MAINS
A ÉTÉ RENDU POSSIBLE GRÂCE AU TRAVAIL DE TOUTE UNE ÉQUIPE.

ÉDITION : Sylvie Gracia
COUVERTURE ET CONCEPTION GRAPHIQUE : Quintin Leeds
RÉVISION : Anne-Soazig Brochoire, Emmanuel Dazin
et Isabelle Paccalet
MISE EN PAGE : Soft Office
PHOTOGRAVURE : Les Artisans du Regard
FABRICATION : Marie Baird-Smith
COMMERCIAL ET RELATIONS LIBRAIRES : Adèle Leproux
avec Marie Bréhin
PRESSE ET COMMUNICATION : Marie-Laure Walckenaer
et Stéphane Levens
COMMUNICATION DIGITALE : Alice Huguet

RUE JACOB DIFFUSION : Élise Lacaze (direction), Katia Berry
(grand Sud-Est), François-Marie Bironneau (Nord et Est),
Charlotte Jeunesse (Paris et région parisienne), Christelle Guilleminot
(grand Sud-Ouest), Laure Sagot (grand Ouest), Diane Maretheu
(coordination), Charlotte Knibiehly (ventes directes)
et Camille Saunier (librairies spécialisées)

DISTRIBUTION : Interforum

DROITS FRANCE ET JURIDIQUE : Geoffroy Fauchier-Magnan
DROITS ÉTRANGERS : Sophie Langlais
ACCUEIL ET LIBRAIRIE : Laurence Zarra
ANIMATION : Sophie Quetteville
ENVOIS AUX JOURNALISTES ET LIBRAIRES : Vidal Ruiz Martinez
COMPTABILITÉ ET DROITS D'AUTEUR : Christelle Lemonnier,
Camille Breynaert et Christine Blaise
SERVICES GÉNÉRAUX : Isadora Monteiro Dos Reis

En France, un livre a le même prix partout. C'est le « prix unique du livre » instauré par la loi de 1981 pour protéger le livre et la lecture. L'éditeur fixe librement ce prix et l'imprime sur le livre. Tous les commerçants sont obligés de le respecter. Que vous achetiez votre livre en librairie, dans une grande surface ou en ligne, vous le payez donc au même prix. Avec une carte de fidélité, vous pouvez bénéficier d'une réduction allant jusqu'à 5 % applicable uniquement en magasin (les commandes en ligne expédiées à domicile en sont exclues). Si vous payez moins cher, c'est que le livre est d'occasion.

La couverture et la bande ont été imprimées par Déjà Link
à Stains (Seine-Saint-Denis).

Achevé d'imprimer en France
sur les presses de l'imprimerie Aubin
à Ligugé (Vienne), en avril 2021.

ISBN : 978-2-37880-199-1
N° d'impression : 2103.0078
Dépôt légal : avril 2021